AF145423

Die Windbringerchronik

Teil 1
Wüstensonne

von
Gunnar Matz

Bibliografische Information der Deutschen Nationalbibliothek: Die Deutsche Nationalbibliothek verzeichnet diese Publikation in der Deutschen Nationalbibliografie, detaillierte bibliografische Daten sind im Internet unter http://dnb.dnb.de abrufbar.

Copyright © 2015 Gunnar Matz
Herstellung und Verlag:
BoD – Books on Demand, Norderstedt

ISBN: 978-3-73923-119-8

Die Windbringerchronik

Teil 1 „ Wüstensonne"

Kapitel 1
Die Anreise
Wir schreiben das Jahr 1033 BF.
Nach unserem Abenteuer in der Warunkei
mussten wir uns erst einmal sammeln, was wohl
jeder auf seine Art gemacht hatte. Ich habe die
Zeit genutzt um mich bei einem Zirkel im
Bornland wieder zu regenerieren und meine
Fertigkeiten zu erweitern.
Was die anderen getan haben, wer weiß das
schon, bei Alen habe ich jedenfalls festgestellt,
dass er wohl emsig gelernt hatte. Bei unserem
kürzlichen treffen kam er mir deutlich klüger
vor. Lucan hatte unsere Gruppe vorerst
verlassen. Was jetzt etwas seltsam ist, irgendwie
ist unsere Gruppenkasse weg.
Hat Lucan sie? Es kann natürlich auch sein dass
er das Geld für uns sicher angelegt hat. Ich finde
das ist keine so schlechte Idee.

Ich erinnere mich noch an unsere Abenteuer im
Norden, da waren das Geld und unsere Sachen
ja weg, weil wir nur fliehen und nicht mehr
zurückkehren konnten. Jetzt da wir wieder

zusammen sind, wird es wohl wieder spannend werden.

Wir treffen uns jedenfalls in Festum, da kommen Erinnerungen hoch, heute zum Mittagessen.

Ich komme gerade aus dem Wald ins Gasthaus und sehe da auch schon meine Gefährten, ich kann schon sagen meine Freunde, mit so einem blassen schmächtigen Kerl in schwarzer Robe sitzen und sich unterhalten.

Wer ist das schon wieder, na dann finden wir das doch mal raus. Er heißt Jassafer ibn Dajin und er möchte uns gern begleiten. Wir sehen mal ob er nützlich ist. Aber warum müssen Menschen sich immer so seltsame Namen ausdenken? Das kann doch niemand aussprechen. *Ach ja ich schweife ab*.

Wir sitzen da so und unterhalten uns über unsere Abenteuer da kommt doch ein Bote und gibt Lena einem Brief, muss wichtig sein, sie liest ihn und sagt erst mal gar nichts und der Bote war auch irgendwer Wichtiges, aber seinen Namen hab ich schon wieder vergessen.

Nach einem Schluck erzählt uns Lena doch was in dem Brief stand. Er wäre von Hilbert von Puspereiken, irgend so ein Magier aus ihrem Heimatort der von uns erfahren hat und uns um Hilfe bittet. Warum nicht? Also los nach

Khunchum, ähhh wartet wo ist das nochmal?
Wüste und Süden. Ok ich fahre aber nicht übers
Meer!!!! Ha durchgesetzt, wir fahren auf dem
Fluss, naja ein akzeptabler Kompromiss.

Khunchum (2 Monate später)
Boah ist das warm hier und so viele Leute, aber
ich habe andere Angroschim gehört.. wenigsten
mal etwas das mich positiv überrascht hat.
Wir sollen zur Dracheneiakademie, ich mag ja
keine Städte aber wir finden trotzdem hin. Die
Akademie ist echt sehenswert!!! Spreche mal die
Wachen (*grimmige Kerle sind das und sie sind wohl
Kor zugetan, jeder nach seiner Fasson*) da am Tor
an und trage vor was uns herführt. Wir werden
nach der Überprüfung des Briefes herein
gelassen, oh wie schön Schatten.
Wir sollen was machen? Unsere Schuhe
ausziehen und Füße waschen, ok wenn sie es
unbedingt wollen.... Ich durfte sogar ein Bad
nehmen und sie haben mir kaltes Wasser
gegeben, schön kühl so was bei der Hitze hier.

Hilbert empfängt uns und wir kommen schnell
ins plaudern. Und irgendwann rückt er raus mit
der Sprachen, uns erzählt uns dass wir eine
Expedition in die Wüste vorbereiten sollen,
sprich dort alles klar mach und dann Bescheid

sagen damit sie nachkommen und die eigentliche Ausgrabung durchführen können. Wir bekommen dann sogar eine Gewinnbeteiligung, neben Ruhm und Ehre. Mal was neues. Wir sollen in die Wüste Khom reisen und dort bei einer Oase namens Birscha alles vorbereiten. Es sollen dort nach seinem Nachforschung jedenfalls Drachenartefakte liegen, er sprach von Vermächtnis von Pydarcor. Offiziell suchen wir aber nach alttulamidischen Überresten. Er meinte noch das es gefährlich wird, da es noch andere „Interessenten" gäbe und allein die ganzen Fehden. Die Wüste und schon der Weg allein wären von Spionen gespickt. Deswegen schickt er uns als Teilhaber zur Vorbereitung dort hin. *Je kleiner die eigentlich Expedition wird, desto besser lässt sie sich verbergen, klingt für mich logisch.* Zum Verhandeln mit den dortigen Stämmen bekommen wir eine angemessene Reisekasse, die zum großen Teil aus Edelsteinen besteht. *Die Leute hier lieben diese wohl sehr…* Wir bekommen auch noch eine Liste mit Dingen die wir vor Ort organisieren sollen, das wird echt hart werden alles zu besorgen, aber wir sind ja schließlich Teilhaber….

Am Abend drauf gibt es eine Einladung zum Abendessen in der Akademie. Lauter wichtige

Magier sind dabei, einige sind wohl nicht ganz so einverstanden damit das wir und Hilbert diese Expedition machen. Die Namen der Magier habe ich schnell vergessen, naja bis auf einen, Rakorium Muntagoris, der Erzmagier, ein griesgrämiger alter Mensch der wohl alles besser weiß was die Magie angeht. Aber ich bin ja einen friedliebende Person und bleibe gelassen bei seinen ewigen Wiederworten, Jassafer kocht allerdings innerlich. *Ich fühle mit ihm*. Und ich werde mich nie wieder auf eine Diskussion mit diesem Magier einlassen.

Wir stimmen zu und checken erst einmal im Hotel „erhabener Mahandi" (seltsamer Name) ein. Es ist wirklich sehr luxuriös und die Räume sind angenehm gekühlt. Aber wozu braucht man bei der Hitze Federbetten? Ist doch schon warm genug. Nach 2 angenehmen Tagen schiffen wir uns auf einem Flusssegler ein, wieder Schiff fahren, aber besser als bei der Hitze laufen. Unser Notmarker Pferd und den Karren verkaufen Lena und ich noch schnell, die Kleine kann schon gut verhandeln. Jedenfalls fallen die Kerle auch hier auf ihr Lächeln herein, gut für uns.

Die Flussfahrt ist sehr ruhig, liegt wohl daran, dass wir immer gegen den Strom fahren, aber selbst die heikelste Stelle in Raschthul passieren wir mit etwas Glück unbemerkt. *Wir sind noch nicht aufgefallen, gut.*

Nach endlosen 7 Tagen auf dem Fluss Mhanadi, erreichen wir Mherwed, hier ist nur Sand und es ist unsagbar heiß. Und was brabbeln die Leute hier? Es gibt auch nur noch Novadis . Ich verstehe nichts, aber Jassafaf kann sich hier artikulieren, gut das wir ihn mitgenommen haben, ist doch zu was Nütze das Kerlchen. Was mich fasziniert ist dass Lena auch etwas von dem versteht was hier gesprochen wird. Naja so kommen wir schnell an unser Ziel, ich sollte wohl Etappenziel sagen, die Zauberschule des Kalifen zu Mherwed. Ein besserer Anblick als die anderen Gebäude hier und boah ist das heiß hier. *Ich schweife ab.*

Wir fragen nach Merech ben Tuleiman und werden erstmals getrennt nach Weiblein und Männlein eingelassen. Zum Glück ist es hier angenehm kühl und es gibt die Möglichkeit sich zu waschen und zu trinken. *Welch Wohltat für einen Angroschim aus dem Norden.* Aber das die hier Sklaven halten finde ich nicht so toll, aber ich halte lieber meine Klappe.

Am Abend werden wir eingelassen und zum Glück spricht Merech Garethi. Wir unterhalten uns angeregt und er meint das wir am nächsten Tag nach Birscha aufbrechen werden und er schon alles Nötige in die Wege geleitet hat. Als Ortskundige begleiten uns sein Schwager und sein Neffe, dieser kann nur tulamidisch aber der Schwager spricht Garethi, *zum Glück*.

Es geht 7 Tage durch die Wüste, auf Kamelen, ähhh Kamele? Ich bin entsetzt als ich diese großen sabbernden Tiere sehe und frag mich wie ich da hoch und dann da oben bleiben soll, Jassafer geht es ähnlich. Sie bauen für mich eine Lastenplattform drauf und ich klammer mich daran dann fest. *Das wird bestimmt nicht spaßig*.

Wir bekommen noch 2 hilfreiche Artefakte mit, das Eine ist eine golden Taube, das ist wohl ein Luftdschinn drin, den wir losschicken sollen wenn alles fertig ist und einen Fingerring, da wäre ein Erzdschinn drin der uns im Notfall nützlich sein könnte. Ich packe die mal ein und gebe sie dann später Alen…wir sollen auf jeden Fall die südliche Route nehmen, die wäre wohl die Sicherste, ähhh nicht die Sichere, nein nur die Sicherste. Es gäbe neben den Wüsten typischen Gefahren - was sind Wüsten typische Gefahren? Ach so Verdursten, Schlangen, Skorpione, Sand und Räuber, wenn sonst nix weiter kommt.

Sand hier ist überall Sand und wir reiten schon im Gebirge und nicht mal in der Wüste direkt.

Sand im Mund, Sand in der Nase, Sand in den Augen und was ich am schlimmsten finde Sand in der Hose, das scheuert. Ach ja die Hosen sind hier luftig und dieses lange Tuch was man sich um den Kopf wickelt ist angenehmer als meine sonstige Ausrüstung, die liegt jetzt im Rucksack. Torben hatte zu Beginn wohl etwas nicht ganz richtig gemacht mit seinem Turban, so nennen die hier das langen Tuch. Aber nach ein paar Meilen und mehr Sand im Mund haben unsere Führer ihm das nochmal gezeigt. Der Rest von uns hat es wohl instinktiv richtig gemacht… aber der Sand in der Hose ist zum Mäuse melken und wenn ich Lenas Gesicht so sehe geht's ihr ähnlich. Ich gebe ihr mal eine Salbe gegen die Schmerzen und behalte auch mir vor eine zu nehmen. *Aber noch geht es…*

Wir schlagen endlich ein Lager auf, unsere Führer meinen nachts wird es kalt werden. Dann mach ich doch mal Feuer und Lena kocht uns doch tatsächlich was leckeres drauf. Es gab wohl etwas Tumult bei den Kamelen, aber der legte sich schnell. Nach dem Essen teilten wir noch Wachen ein. Alen sollte mich wecken, hmmm hat er nicht, ich bin trotzdem aufgewacht und sehe ihn da neben der Glut liegen, brrrr ist doch ganz schön kalt im Vergleich zum Tag. Naja Feuer geht schnell wieder an und da meint der doch er hätte mich geweckt, tztz im Traum vielleicht.

Der

Morgen graut und mir graut vor dem Morgen. Ich muss meinen wunden Hintern wieder aufs Kamel bringen, wie unangenehm. Wir reiten so vor uns hin als Helios zu mir hinunterstößt und mir das verschreckende Bild von vielen Kamelreitern zeigt welche auf uns zu preschen, na toll.

Wir sind auch schon entdeckt und da kommen sie angestürmt, die greifen uns wohl -grad an, heldenmütig spring ich vom Kamel, naja nicht ganz so heldenmütig, aber schon energisch. Sie stürmen links und rechts an uns vorbei und stecken dann ihre Waffen weg und begrüßen uns freundlich. Anscheinend haben wir gerade eine „Fantasie" durchgemacht und bestanden, mal gut das ich keinen Sandsturm entfesselt habe. Sie laden uns ein und wir trinken Dattelschnaps, ich leider zu viel, denn ich kippe nach der zweiten Runde um. Torben aber zum Glück vor mir, sonst wäre das Gerede wieder groß.

Anscheinend denken die Novadis, Lena wäre die Frau von jemandem von uns, wir lassen sie mal in dem Glauben, dann hat die Kleine es hier leichter. Sind schon komische Leute.

Ich vermisse meine Wälder.

Wir schreiben den 16.Efferd und es ist unser
dritter Tag in der Wüste.
Na toll jetzt gibt es nicht mal mehr die Hügel.
Ich frag mich noch wie das werden wird, als
mich plötzlich die riesige Leere der Landschaft
übermannt und ich mich unter mein Kamel
verkriechen muss. Als ich mich umsehe sehe ich
das es Jassafaf genauso geht. Die anderen
versuchen uns zu überreden dass wir doch
mitkommen sollten, nach einer kleinen
Weile sind ihre Versuche mit Erfolg gekrönt,
Lena hat wohl einen guten Draht zu Jassafaf,
Alen schafft es mit anderen Argumenten bei mir
und wir können los.

Es ist so heiß hier, gefühlt wie an einer
Schmiede. Zum Glück haben wir die passenden
Sachen bekommen, sonst wäre es unerträglich.
Wobei wenn ich mir Torben und Lena so ansehe
kann ich deutlich sehen das sich nicht ganz so
mit der Hitze anfreunden können, tja
Nordländer halt.

Als es Abend wird schlagen wir ein Lager auf,
ich mache Feuer und Jassafaf möchte es auch
probieren und naja irgendwie schafft er es sich

in die Hand zu schneiden, er kennt sich wirklich nicht mit der Wildnis aus, zumindest versucht er es.

Die Nacht bricht herein und Alen übernimmt die erste Wache. Später erzählt er uns noch das er was aufblitzen gesehen hat. Ich schlafe jedenfalls gerade als es taghell wird und wir alen und Torben rufen hören. Ich schwinge mir noch schnell meinen Gambeson über und stürme dann aus dem Zelt heraus. Dabei höre ich noch ein Gespräch zwischen Daijin und Jassafaf, irgendwas von Amulett anfassen und entsetzen darüber das Jassafaf das wohl nicht machen würde, ich glaub da gibt es ein Missverständnis. Naja, unwichtig, erstmal raus und unser Lager verteidigen. Es gibt einen heftigen Kampf mit Bogenschützen und Nahkämpfern und alles mit diesem Licht, also diesen Lichtkugeln die uns blenden. Noch so schnell wie es geht das Licht hinter den Rücken bringen, damit man auch sieht was man angreift. So, kurzen Überblick und schnell den ersten Zorn auf einen Gegner geworfen, der gerade mit Daijin kämpft, erfolgreich. Gleich noch einen hinterher, naja Daijin wird umgeworfen, warum stehen die auch so dicht beisammen. Weiter gezaubert auf einen der mich angreift, mit Erfolg.

Dann in den Nahkampf, ich treffe, er auch boah das war heftig. Jassafaf greift mit an , allerdings nicht so erfolgreich, ich treffe nicht so erfolgreich, er haut zu, mir wird schwarz vor den Augen und ich breche zusammen und alles wird schwarz um mich herum.

Als ich wieder aufwache sehe ich dass Jassafaf mich wieder geholt hat, ich sag ihm er solle meine Tasche mit den Tränken holen und nehme dann einen guten Schluck von dem hochwertigen Einbeerensaft, Scheiße schmeckt das Zeug toll. Ich möchte noch mehr..... der Rest sieht auch ganz schön mitgenommen aus, aber es werden alle versorgt.

Beim durchsuchen der Angreifer finden wir einen Steckbrief von dem Anführer der Räuber, ahhh die sind also schon bekannt, das meint auch unser Führer.

Der Räuber heißt Zhanduken und es ist ein Kopfgeld von 40 Marwedi. Das bessert doch unsere Kasse auf, also alles mitgenommen, was die Räuber besaßen, brauchen die ja eh nicht mehr und weiter umgesehen.

Da stehen doch glatt noch 5 Kamele plus Ausrüstung.

Prima, können wir gleich für unsere Expedition nutzen. Die Räuber haben noch spezielle

Zierdolche, unser Führer meint, damit können wir uns das Kopfgeld dann holen, vielleicht gibt es ja auch was für den Rest der Bande. Wir begraben sie dann unter der Düne und brechen auf.

Dajin findet auch noch ein kleines Tontierchen, Jassafaf erkennt als ein Artefakt welches wohl auch so einen Flimflam enthält, wie die, die auf unser Lager geworfen wurden, er schafft es sich zusammenzureißen und es uns nicht vorzumachen. Glauben wir ihm mal und sehen dann bei Bedarf was das Ding macht...

Nach einer kurzer Nacht wollen wir wieder aufbrechen, aber ich kann mich einfach nicht durchringen das Zelt zu verlassen und ich muss unbedingt nochmal einen Schluck Einbeerensaft trinken, toller Stoff ich fühle mich viel besser. Aber will trotzdem nicht raus, so wie auch Jassafaf. Nach etlichen versuchen schaffen sie es uns zu überreden und wir brechen auf.

Gegen Mittag spüre ich plötzlich eine Veränderung im Wetter, auch unsere Führer werden nervös. Wir überqueren gerade eine Düne, als uns eine dunkle Wand schnell entgegen kommt. Ich begreife die Situation sehr schnell und reite schnell ins Tal und lasse mein Kamel sich hinlegen um dahinter Schutz zu finden. Ich rufe den anderen noch zu das sie es mir nachmachen sollen.

Naja, fast alle machen es, fast alle. Torben bleibt stehen und fängt wie blöd an zu schreien, hallo was soll das? Will er den Sand und den Wind weg schreien? Sehr blöde Idee, denn hier gibt es doch nur Sand und gerade auch noch Sturm dazu, keine gute Idee, das merkt er schnell. Und Daijin, was tut er da ? Warum reitet er plötzlich weg? Hat er nicht verstanden was ich ihm gesagt habe? Man manchmal fragt man sich echt was die Leute so treibt...

und Alen hinterher, allerdings hat er die Situation verstanden und will wohl Daijin zurückbringen, bevor er in der Wüste verschollen geht.

Ich sehe nichts mehr und zieh meinen Mantel noch dichter über den Kopf. Nach einer gefühlten Stunde ist der Sturm vorbei.

Sand überall ist Sand drin und auch noch viel davon, erstmal so gut es geht sauber machen. Dann kommen auch Daijin und Alen zurück zu uns, Glück gehabt, keine Verluste.

Am Abend erreichen wir eine Oase, toll Bäume, Wasser und Schatten - kurz gewaschen und die Schläuche wieder aufgefüllt.

Dann mach ich mal Feuer, oh Jassafaf versucht es erneut, er versucht es zumindest, ich glaub er steht auf Schmerzen, denn er schneidet sich wieder. Naja, irgendwann bekommt er den Bogen raus.

Wieder Tumult bei den Kamelen, was ist denn da schon wieder los? Ach Torben, hmmm. Unsere Führer fangen sie wieder ein und bitten Torben darum sich nicht mehr um die Kamele zu kümmern. Aber er baut das Zelt dann super auf, welches auf Jassafaf liebt. Wieso auch immer liegt ein Zelt auf Jassafaf . Ich frag nicht. Wir entschließen uns Wachen aufzustellen und prompt schläft die erste auch noch ein, Jassafaf war wohl doch zu geschafft von den Ereignissen des Tages. Alen wacht auf und übernimmt die restliche Wachzeit, er lässt Jassafaf schlafen und der nächste Tag beginnt.

Heute ist der 18. Efferd und mein erster Tag ohne Angst vor der Wüste und Leere hier und auch mein erster Tag ohne das Bedürfnis nach Einbeerensaft. Ein guter Tag für mich. Für Jassafaf nicht so sehr, er lässt sich nicht überzeugen das wir aufbrechen müssen, selbst durch Lena nicht. Irgendwann gebe ich ihm einen Trank der gegen seine Angst wirkt und wir können aufbrechen.

Am Abend nach einen endlosen Tag in der Wüste erreichen wir die Oase Birscha, endlich.

15

Es ist toll so viele Häuser und Menschen zu sehen. Wir reiten zur Karawanserei und Khorim ben Nolrak begrüßt uns. Wir bekommen Einzelzimmer und unsere Kamele werden untergestellt. Schön hier. Essen, trinken, schlafen ohne gleich in Gefahr zu geraten und morgen geht es wohl zum Ausgrabungsgebiet, oder übermorgen oder später....

Kapitel 2
Verhandlungen

Heute ist der 18.Efferd im Jahre 1033 BF.
Wir sind in Birscha, in der Karawanserei von Khorim ben Nolrak. Dieser Ort ist sozusagen das gesellschaftliche Herz der Oase. Wir sind jedenfalls angekommen, für die ersten 10 tage einquartiert und machen beim Abendessen eine Planung für den nächsten Tag. Ich für meinen Teil werde diesen nutzen um mal wieder richtig ausgiebig zu schlafen um wieder fit zu sein, meine Erdkraft ist ganz schön erschöpft. Somit sind alle Ereignisse hier niedergeschrieben wie es mir die anderen geschildert haben.
19.Efferd
Nach einem einheimischen Frühstück lege ich mich wieder hin, mein Einbeerenproblem scheine ich ganz gut zu bewältigen. Beim

Abendessen treffe ich sie wieder. Lena schaut Jassafaf so seltsam an, als ob sie ihn erwürgen wollte. Was ist da nur passiert? Die Antwort auf diese Frage kommt mit der Schilderungen meiner Gefährten.

Alen, Lena und Jassafer begeben sich zum Scheich, sie wollen eine Audienz um uns vorzustellen und um seinen Segen für unsere Aventurie zu bekommen. Naja sie gehen zum Bergfried oder wie auch immer die hier das nennen mögen und bitten um Audienz beim Scheich. Dort scheint es schon los zugehen mit Lenas Misswollen, sie wird von Jassafer als seine Frau vorgestellt, hmmm wohl nicht so gut die Idee, naja auch die Wachen beachten sie nicht weiter. Frauen sind hier wohl nicht angesehen, mit Ausnahmen, aber das sehen wir später. Sie sollen jedenfalls zum Mittag wieder kommen, ist ok und sie nutzen die Möglichkeit die Oase zu erkunden, Torben schließt sich ihnen an. Dajin geht's nicht gut, irgendwas von „Raschtulahs Rache" meint er, ich glaub ja er hat sich den Magen mit Datteln, Dattelschnaps und so verdorben. Jedenfalls liegt er die nachfolgenden Tage flach und beteiligt sich nicht weiter. Also zurück zu Schmiede, als sie reingehen schlägt ihnen die Hitze ins Gesicht und Torben stellt fest „ hmmm ist ja ganz schön warm" und bleibt draußen. Die Schilderung der Schmiede klingt vernünftig, eigene Verhüttung,diverse Öfen etc. ok. Drinnen spricht Lena einen Schmied an und möchte gern unser Begehr äußern und erntet prompt nur skeptische Blicke, der Schmied redet dann mit Jassafer und verweist sie dann an den Besitzer der Schmiede, ein großer bärtiger Mann,sehr bärtig. Als Lena mit ihm verhandeln will, naja das kennen wir schon und mit jeder Ablehnung sinkt ihre Laune und ihr Groll richtet sich gegen Jassafer, der nun das verhandeln übernehmen muss, was er so gut macht wie er es kann. Lena ist da eigentlich besser drin, aber hier gelten wohl andere Sitten und die Angabe sie sei Jassafers Frau ist da wohl eher hinderlich.... aber er handelt uns das Werkzeug raus was wir brauchen, zu einen hohen Preis, zumindest haben wir das Problem nicht mehr. Das Gespräch danach schilderte mir Alen so. Lena: ich habe alles zum verhandeln, das Charisma, das Talent etc." und Alen darauf „ aber was dir fehlt ist ein Schwanz" sie darauf hin „ ich rasiere ein Kamel und kleb mir die Haare ins Gesicht... sie hätte bestimmt noch was rausholen können. Am Mittag jedenfalls ist die Audienz und Torben, Alen und Jassafer gehen hin. Lena geht zurück zur Karawanserei. Bei der Audienz bei

Scheich Ali al Mosija werden bei einem guten Essen zuerst Geschichten ausgetauscht. Er hat uns schon erwartet und fragt nach den anderen Gefährten. Er teilt uns mit wo unsere Ausgrabungsstätte liegt, das wir da zu den Beni Schuuf gehen sollen und um Erlaubnis zu bitten. Er nennt auch noch gleich ein paar Möglichkeiten wie wir die fehlenden Dinge für die Expedition zusammen bekommen können. Er gibt uns selber auch Unterstützung, im Gegenzug für Hilfe von uns und auch einer finanziellen Aufwandsentschädigung, darauf können wir uns hier eh schon überall einstellen. Aber wir sollten doch mal bei den Beni Achawi vorbeischauen, den Händler Sheram ben Turkas aufsuchen, wenn er in der Oase ist. Wo wir Holz bekommen sagt er uns auch und er verweist auf das Stammestreffen, welches in 2 Wochen hier in Birscha stattfindet, wo auch der Sultan anwesend sein wird. Bei dem Treffen ist auch der Händler da. Alen erwähnt kurz dass wir einen Räuber hier erlegt haben, worüber der Scheich sehr erfreut ist. Das Kopfgeld bekommen wir dann vom Sultan. Danach kommen sie zurück.

20.Efferd
mir geht es gut, keine Beschwerden mehr wegen

19

der Einbeerengeschichte. Wir wollen zuerst mal unsere Ausgrabungsstätte beschauen und dann zu den Beni Schuuf um um Erlaubnis zu bitten. Also nach den Frühstück mit einem einheimischen Führer los, genau bis zum Stadttor, dort übermannt mich die Weite des Himmels wieder. Was für ein Scheiß, aber nach kurzer Überredungsarbeit von Lena geht es weiter.

Am Nachmittag haben wir die Beni Schuuf gefunden, nachdem wir auch schon mal den Ort besichtigt haben.

Der Hairam der Beni Schuuf, Feisal ben Schuuf, redet erst mit Lena, nachdem ihr das von Jassafer erlaubt wurde, ich glaub der Junge gräbt sein eigenes Grab wenn er so weitermacht. Aber Lena handelt die Grabungserlaubnis raus und Unterstützung für unsere Sache und wenn Jassafer die Klappe gehalten hätte, wäre es sogar noch billiger geworden.... danach drängt uns unser Führer zum Rückweg, ist auch schon spät.

In der Karawanserei gibt es lecker Kamel, extra für uns geschlachtet, ich könnte auch so ein halbes essen, hust. Dazu noch etwas Dattelschnaps, aber in Maßen....

21.Efferd

20

Mir geht es immer besser mit dem Einbeeerenzeug, ich denke nicht mal mehr dran. Nach dem Frühstück geht es los zu den Beni Achawi. Von ihnen können wir Wasser bekommen. Aber finden tut man die nicht so leicht, am Nachmittag stoßen wir endlich auf ihr Lager. Und schau einer guck, der Hairam oder ich sollte besser sagen die Hairam ist eine Frau, Jamira Sscheika irgendwas. Sie führt den Stamm seit der letzten Fehde bis ihr Sohn ihn übernehmen kann und so gilt sie rechtlich als Mann, also sind Frauen hier nicht alle unterwürfige Wesen, wenn das Lena vorher gewusst hätte. So muss sie aber nicht die unterwürfige Ehefrau spielen und kann gleich zu den Verhandlungen übergehen, nachdem wir uns etwas kennengelernt haben. Sie sagen uns Unterstützung zu gegen eine Unkostenpauschale wie auch die Zusage unsererseits beim Stammestreffen für 4 Frauen Ehepartner zu finden. Ihr Stamm benötigt neue Krieger, also können wir keine Schwächlinge nehmen. Am Abend geht es zurück nach Birscha.

22.Efferd
wir suchen einen Karawane die zu den Sägewerken in den hohen Eternen geht und

werden fündig, diese geht am nächsten Morgen los.

Der Tag sonst ist mit Vorbereitungen für die Reise verplant

23.Efferd bis 24.Efferd

Unsere Reise geht ereignislos vorüber, wir kommen in den Zedernwäldern an. Endlich wieder Wälder, schön hier.

Am Sägewerk angekommen, einigen wir uns darauf hier das Holz zu kaufen und dann uns um den Transport zur Ausgrabungsstelle zu kümmern. Also auf ins Sägewerk.

Was für eine Überraschung, der Besitzer ist kein Nowadi, sonder n ein Mann aus Greifenfurt und er ist froh mal wieder auf Garethi zu reden.

Und Lena erst, sie fährt jetzt alle Geschütze auf die sie hat! Letztendlich bekommen wir unser Holz für einen guten Preis, obwohl jetzt unsere Schatulle nur noch mit Edelsteinen gefüllt ist, die müssen wir unbedingt schätzen lassen, nicht das wir die unter Preis vergeben.

Torben unterstützt Alen erstmals beim bezahlen. Dann noch mit dem Karawanenführer verhandelt und auch dort sind wir uns schnell einig geworden. Wir müssen Hilbert sagen das er noch viele Dukaten mitbringen muss, aber jetzt genieße ich erst mal noch die Wälder und

Helios fängt Mäuse unter Zedern.
Da ich mich aus irgendwelchen Gründen
einfach nicht mehr an die Ereignisse erinnern
kann, bat ich Torben mir das Geschehene
nochmals zu schildern. Hier sein Bericht der
vergangenen Tage.

Auszug aus dem Tagebuch von Torben Eirikson

25. – 29. Efferd
Rückweg vom Sägewerk. Am 2. Tag der
Rückreise hat Artax Probleme mit seiner
Einbeerensucht und kann sich gerade noch
beherrschen nicht wieder rückfällig zu werden.

30. Efferd
Alen und Lena bitten um Audienz beim Scheich.
Zur Mittagszeit wird Ihnen Audienz gewährt,
sie werden zum Essen eingeladen und dürfen
sich den Bauch vollschlagen. Sie schaffen es
allerdings 2 Diamanten für 25 Marwedi an den
Scheich zu verkaufen.

1. Travia
Lena horcht die Frau des
Karawansereibetreibers über den Heiratsmarkt
aus und wie dieser abläuft, damit wir die 4
jungen Frauen der Beni Achawi auf dem

Kabasch gut vermitteln können, was machen wir nicht alles für Wasser in der Wüste.

Artax widersteht seit zwei Wochen seiner Sucht und scheint vollständig geheilt. Endlich brauchen wir die Einbeerensaftbestände nicht mehr so argwöhnisch beobachten. Es scheint mehr Selbstbeherrschung in dem kleinen Kerl zu stecken, als ich vermutet hätte.

2. Travia

der Aufbau des Kabasch beginnt. Es entsteht eine riesige Zeltstadt. Die Oase Birscha scheint nun doppelt so groß zu sein und beherbergt bestimmt fünfmal so viele Menschen wie bisher. Auch für den Heiratsmarkt wird eigens ein großes Zelt errichtet. Der Sultan erscheint mit einer riesigen Karawane. Er scheint ein mächtiger Mann hier zu sein, bestimmt können wir ihm auch ein paar Edelsteine verkaufen. Hoffentlich stimmt er auch der Expedition zu, sonst war die Reise in dieses Sandmeer vollkommen umsonst.

3. Travia:

Dajin und ich schaffen es heute einen Juwelier zu finden, welcher des Garethi mächtig ist. Aufgrund der Angst vor Dieben haben wir unsere drei großen Beutel mit Edelsteinen in 4 kleine und einen großen Beutel aufgeteilt (Alen will unbedingt auf den großen Beutel aufpassen). Der Juwelier ist glücklicherweise mit einem größeren Vorrat an Marwedi zum Kabasch gekommen, so das er, dank Dajin´s Verhandlungsgeschick, uns einen kleinen Beutel im Wert von 42,5 Marwedi abkauft.

Jassafer und Artax haben auch Erfolg und verkaufen ebenfalls einen kleinen Beutel an einen Kunchumer Juwelier und erhalten 39 Marwedi und einen Schmuckdolch.

Lena hat heute die Brautdamen kennengelernt und horcht bei der Hairanin nach den Zielen und Wünschen für die Bräutigame. Diese sollen in die Sippe ziehen, da aufgrund einer Blutfehde Männer fehlen. Ihnen wird Land angrenzend an die Oase Achawi geboten. Am vierten Tag des Kabasch soll dieser Heiratsmarkt stattfinden.

Bei dem Kabasch gibt es auch viele Wettbewerbe bei denen sich die Krieger messen.

Alen ist ganz fasziniert vom Lanzenstechen, er träumt wahrscheinlich wieder von einem Schlachtross und stellt sich vor, wie er den Wettbewerb gewinnen würde.

Lena und Dajin versuchen sich am Messer werfen. Dajin erntet sehr skeptische Blicke als er den Schiedsrichtern verständlich machen will, das er mit seiner komischen Wurfscheibe teilnehmen will. Die haben sich aber nicht umstimmen lassen und so hat er sich von Lena ein Wurfmesser ausgeliehen.

Lena hat sich extra drei neue Wurfmesser gekauft, es stecken wirklich viele Talente in der Frau. Wie auch immer, der Kauf hat sich scheinbar gelohnt und Lena erzielt den 3. Platz und Dajin schafft es sogar auf den 2. Platz.

Ich versuche mich beim Bogenschießwettbewerb nachdem alle 4 Teilnehmer die erste Runde überstanden haben, scheitere ich doch tatsächlich schon in der zweiten Runde (mich hat da bestimmt etwas geblendet, bei dieser starken Sonne). Glücklicherweise scheitern auch noch 2 meiner Gegner, so dass wir uns alle den zweiten Platz teilen.

Morgen werde ich das noch einmal versuchen, das kann ich so nicht stehen lassen!

Dajin, Jassafer und Artax versuchen bei einem Viehhändler die Nutztiere für die Ausgrabung zu sichern und schaffen es doch tatsächlich die Zusage für 100 % der Nutztiere und auch noch 45 % der Nahrungstiere für insgesamt 100 Marwedi und zwei kleine Beutel Edelsteine zu beschaffen. Alen verwahrt damit noch unseren letzten vollen Beutel Edelsteine.

4. Travia

Heute ist 2. Tag des Kabasch. Wir dürfen heute, aufgrund der Fürsprache des Scheichs, an der Versammlung der Hairane teilnehmen. Mehrere Scheiche und der Sultan sind natürlich auch dabei. Hoffentlich schaffen wir es, alle von der Wichtigkeit der Ausgrabung zu überzeugen. Nachdem wir unser Anliegen vorgetragen haben, schauen viele noch sehr skeptisch. Mal schauen, wie sie sich einigen.

Auf dem Markt finden wir einen Händler für die Verleihung von "Arbeitskräften" (ich hasse Sklavenhändler, aber hier scheint das vollkommen normal zu sein, was für ein Glück dass ich ihre Sprache nicht verstehe und mir anhören muss, wie sie ihre „Ware" anpreisen). Er verlangt für 50 % der Arbeiter insgesamt 130 Marwedi. Wir warten mal ab, wie sich die Hairanversammlung entscheidet und sehen dann weiter, wie wir das Geld auftreiben können. Irgendwie möchte ich ja auch meine 16 Dukaten wieder bekommen.

Endlich Einbeerenfrei!!!!

Kabasch Tag 3

Heute ist der 5.Travia des Jahres 1033 BF und wir sind noch immer in der Wüste beschäftigt. Es ist mittlerer weile schon der 3. Tag des Kabasch. Die Oase quillt noch immer über von

27

all den Leuten hier.

Wir haben heute eine Audienz beim Sultan, was
für eine Ehre. Naja, schauen wir mal, erst einmal
in Ruhe frühstücken, der Tag wird schon
hektisch genug. Die Karawanserei von Khorim
ist ja jetzt schon ein Hexenkessel und dann
kommt doch so ein Bengel und bringt uns doch
tatsächlich eine Einladung von so einem
Scheich, was der wohl von uns will? Und das
vor der Sultanaudienz, jetzt wird's wieder
stressig, es gibt eine heftige Debatte wie wir die
Termin am besten legen, wir einigen uns dann
dass nicht alle zum Sultan gehen und der Rest
die Gastfreundschaft des Scheichs genießt,
soviel zum in Ruhe frühstücken….

Bis dahin, ist noch Zeit und Lena und Daijin
versuchen wieder ihr Glück beim Messer
werfen, Lena verlässt es sehr schnell, aber Dajin
scheint von Rur und Gror heute gesegnet zu
sein, er trifft immer wieder, sogar aus der
Drehung und hinterm Rücken, hätte ich ihm gar
nicht zugetraut. Und dann gewinnt er dieses
Turnier, jetzt wird's schwieriger, er hat die Wahl
beim Finale mitzumachen oder das Preisgeld zu
nehmen, letztendlich nimmt er das Geld, er mag
wohl die Dolche nicht haben, die es als
Belohnung gibt, wenn´s solche Scheiben
gewesen wären (die so mag) wäre es vielleicht

anders gewesen.

Torben ist da schon emsig am Bogenschießen, auch sehr erfolgreich bis zum letzten Schuss, da hat ihn wohl was geblendet, naja, Pech im Spiel und Glück woanders sag ich mir da mal… nach der Messerwerferei geht Lena wieder zur Heiratsbörse und da ich eh nichts zu tun habe schließe ich mich mal mit an.

Das Werbungsverhalten der Leute hier ist ja schon faszinierend und verstörend auf der anderen Seite, auch Alen kommt mit, kein Wunder bei so vielen jungen hübschen, zumindest für Menschen, Frauen hier. Eine ihrer Schützlinge hat sich doch tatsächlich in einen Kandidaten verguckt der schon problematisch sein kann zumindest für die Leute hier, irgendwie sind sich die Oheime nicht grün, es geht wohl um Wasserrechte und das schon für Menschen lange Zeit, diese Kurzlebigen und ihre Probleme.

Das kann noch Probleme geben, aber für 2 andere Mädels sieht es gar nicht so schlecht aus, sie finden Interesse an Männern aus dem Gefolge des Sultans und das scheint auch auf Gegenseitigkeit zu beruhen, naja, unsere Mädels sind ja für Menschenfrauen ja recht hübsch.

Auf zu den Verhandlungen, diese sind dann doch schwieriger als gedacht, was wohl an der

Sprachbarriere liegen mag.

Naja, Lena versucht den „Aufpasser" zu betören, aber der scheint da vollkommen abgeneigt zu sein, er ist wohl eher anderweitig interessiert und schlage Alen vor es doch mal zu versuchen, er wäre ja doch ein recht stattlicher junger Mann, natürlich nur aus Spaß, zum Glück versteht uns hier niemand… Lena versucht es dann mal mit einem Bannbaladin und schon laufen die Verhandlungen prima, ist doch talentiert unsere Kleine.

Als wir den Heiratsmarkt verlassen bemerkt Alen eine Gruppe von fünf gerüsteten Kriegern die von den Leuten hier ganz unterwürfig gegrüßt werden, er fragt dann Khorim, unseren Wirt, was es sich mit diesen auf sich habe und bekommt als Antwort das es Ordenskrieger sind die sich um die Sicherheit der Pilgerpfade kümmern und sich um den Schutz der Pilger verschreiben haben. Dass sie keinem Herren unterstellt sind und von allen verehrt werden. Am Abend geht es zu diesem Scheich, dessen Name mir entfallenen ist, er hat uns ja zum Abendessen eingeladen, was für ein Glück hatte ja seit dem Frühstück nichts mehr gegessen. Als wir sein Zelt erreichen werden wir alle höflich hineingebeten und bekommen auch ein üppiges Mahl, man will uns wohl imponieren.

Das Gespräch beim Essen ist recht zwanglos und gelassen, wir werden gefragt was uns so in die Wüste treibt und wie es in unserer Heimat wohl wäre, also ganz die leichten Gespräche die Menschen gern beim Essen führen.

Nach dem Essen kommt ein Diener zum Scheich und flüstert ihm was zu und plötzlich kippt die Stimmung des Scheichs, er fragt jetzt sehr detailliert und nicht mehr ganz so freundlich.

Seltsam, was hat er wohl gerade erfahren, dass seine Stimmung so kippt und er uns auch recht schnell aber höflich verabschiedet.

So haben wir noch etwas Zeit vor unserer Audienz und gehen nochmal zur Karawanserei.

Dort merkt Daijin sehr schnell das an unseren Schlössern rumgefummelt wurde und wir stellen schnell fest, dass in unseren Zimmern herumgeschnüffelt wurde und uns einige Dinge gestohlen wurden, unter anderem mein Rezept für einen magischen Trank, welches ich in Andergast von einem Alchimisten unter viel Zureden abkaufen konnte, so ein Ärger.

Auch die beiden Artefakte und die Tonfigur mit dem Lichtzauber sind weg und unsere Briefe von Hilbert auch, zum Glück steht da ja nichts über unsere wahren Absichten drin, aber schon ganz schön ärgerlich, wir beschließen uns später darum zu kümmern, erst einmal zur

Sutanaudienz.

Ich habe ja schon den Steckbrief und die Beweise in der Tasche und wir, das heißt Jassafer, Alen, Lena und ich, brechen dann auf. Dajin und Torben bleiben in der Karawanserei. Wir finden uns in einer Schlange von Bittstellern wieder und merken sehr schnell, dass der Sultan nicht so viel Zeit hat um sich ausgiebig den einzelnen Probleme zu stellen.

Bin mal gespannt auf das was kommt, endlich sind wir dran, und Jassafer kann es nicht lassen, er verscherzt es sich wieder bei Lena als er sie als seine Frau ausgibt und er den Sultan bittet dass sie die Gespräche führen soll.

Aber die Kleine reißt sich zusammen und der Sultan lässt sie das Gespräch führen, sichtlich nicht begeistert, aber als Lena noch etwas versuchen will, erkennen Jassafaf und ich dass das keine gute Idee wäre und machen sie unauffällig darauf aufmerksam.

Der Sultan ist durch magische Amulette und durch einen Gildenmagier geschützt. Sie sieht es auch gleich ein.

Ich fange dann mal mit dem einfachsten an und zeige dem Sultan den Steckbrief und die Beweise, dafür das wir die Räuber erledigt haben, er informiert seinen Zahlmeister und verweist uns an ihn. Dann spricht Alen die restlichen Edelsteine an und bekommt den gleichen Ansprechpartner.

Zum Schluss sprechen wir noch unsere Ausgrabung an und erfahren dass der Sultan uns da recht neutral gegenüber eingestellt ist, wir sollen das doch mit dem Heiraten klären.

Auf zum Zahlmeister, wir bekommen auch gleich das Kopfgeld ausgezahlt und der Zahlmeister nimmt mir die Sachen ab. Als es um die Edelsteine geht will er uns erst nur 4 abnehmen, Lena bietet ihm dem Rest auch noch an und er würde uns für alle 70 Marwedi geben, ein bisschen wenig, aber Lenas Verhandlungsglück scheint aufgebraucht zu sein und wir nehmen das Geld und gehen.

Danach beraten wir noch kurz wie wir mit dem Diebstahl umgehen sollen, es besteht ja doch der deutliche Verdacht dass der Scheich und sein Diener was damit zu tun haben könnten.

Ich zieh mir Lena mal zur Seite und frage sie ob sie mit ihrer Katze auch Leute beobachten kann wie ich es mit Helios kann. Ich weiß ja nun schon, was es mit den beiden auf sich hat. Sie bejahte dies, aber es wäre schon etwas zu spät um das Ritual zu wirken, wo ich ihr zustimmte, da wir dafür erst den Diener suchen müssten und wir verschieben das auf den nächsten Tag.

6. Travia 1033

Beim Frühstück bekommen wir von einem Botenjungen ein Schriftstück mit einer eindeutigen Warnung überreicht.

Warum eigentlich immer zum Frühstück? Naja, sei es drum, jedenfalls sagt dieses Pergament aus dass wir mit unserem Tun aufhören sollen und nicht wüssten welche Mächte wir erwecken würden, zudem sei dies die einzige Warnung die wir erhalten würden.

Wird jetzt echt nervig, uns mag wohl jemand überhaupt nicht, aber wir wollen erst mal unsere Sachen wiederfinden, da wir ja sonst nicht Hilbert Bescheid geben können, unsere „Brieftaube" ist ja weg.

Als Ausweg haben wir sonst nur die Möglichkeit über eine Karawane Post mitzuteilen, wobei Daijin meinte dass dies auch nicht sicher wäre, da ja durchaus der Brief verschwinden könnte so wie unsere Sachen.

Ich habe vorgeschlagen dass Helios zur Not eine Botschaft überbringen kann, wenn sie nicht zu groß wäre. Dabei fällt mir doch glatt ein Ritual ein welches ich mal gelernt habe, aber noch nicht gebraucht hab. Ich kann ja über Helios meine Sachen aufspüren, ach, was bin ich nur vergesslich, hätte auch früher drauf kommen können. So können wir zumindest mein Rezept suchen und mit etwas Glück finden wir den Rest dadurch auch.

Nach dem Frühstück mache ich mich gleich mal dran und Lena leistet mir dabei Gesellschaft, sie sieht ja eh nur wie Helios und ich die Köpfe zusammenstecken und er dann wie ein geölter Blitz in die Luft aufsteigt und drei mal im Kreis fliegt und danach zielstrebig eine Richtung einschlägt. Wir hetzten wie wild hinterher, man, ich vergesse immer wieder wie schnell er ist. Wir verlaufen uns ein paar Mal, aber finden ihn außerhalb der Oase wieder, leider ist der Zauber zu Ende, ohne Ergebnis. Naja, nochmal gewirkt und weiter geht die wilde Jagd, die nach ca. einer Meile in einem Graben endet, er hat doch tatsächlich etwas gefunden, nicht das was wir erwartet haben, aber wer lässt schon Diebesgut offen rumliegen? Uns grinst jedenfalls eine Holzkiste, welche blöderweise auch noch verschlossen ist, an. Aber da drin ist zumindest mein Rezept, also Kiste geschultert und zurück zu den anderen. Daijin kümmert sich bestimmt gern um das Schloss, er hat ja ein Händchen für so etwas.

In meinen Zimmer angelangt sind auch die anderen schnell zur Hand und Daijin gibt echt sein bestes und muss feststellen das das

Schnappen im Schloss von seinem Dietrich das
letzte war was dieser machen würde, er ist
einfach zerbrochen.

So was ist nicht normal und ich wirke einem
Odem auf die Kiste, magisch eindeutig und das
sogar zweifach. Ein Zauber auf dem Schloss und
einer auf der Kiste. Da hat sich wer Mühe
gegeben und der Magier hat die erst vor kurzen
getätigt.

Jassafaf schaut sich die Sache auch nochmal
genauer an und er erkennt zumindest einen
Zauber, den auf der Kiste und das was er dann
sagt ist nicht toll. Es wäre ein Desintergratio
oder so ähnlich, gar nicht gut. Entweder macht
er alles in der Truhe kaputt oder aber alles
außerhalb der Truhe, zumindest spricht dafür
dass der Magier sogar 3 Ladungen angebracht
habe, so ein Mistkerl. Damit fällt Torbens
Vorschlag die Kiste einfach kaputt zu hauen
flach, zumindest hier in der Oase, wäre nicht gut
wenn Häuser oder Teile von Häusern plötzlich
zu Staub zerfallen. Den Vorschlag mit einfach
von den Klippen schmeißen verwerfen wir auch
schnell wieder, wenn die Kiste dabei aufgeht
geht unser Lichttonfigur auch hoch, ein Zeichen
das nicht gut für uns aussehen würde,
zumindest beim Dieb und seinem Auftraggeber.
Es wurde mehrfach der Vorschlag von nackt in

der Wüste geäußert, eine Idee die ich nicht nachvollziehen kann.

Darum schiebe ich die Kiste erst mal unters Bett und prompt schiebt Daijin sie hervor und probiert es nochmal, knack Dietrich kaputt.

Also wieder Kiste unters Bett und plötzlich will niemand mehr in meinem Zimmer schlafen, aber der Zauber hält wohl noch gut 7 Tage und was dann passiert weiß keiner.

Er kann einfach verpuffen oder er macht alles kaputt, merke - vor Ablauf der Frist die Kiste wegbringen.

Lena muss jetzt erst mal zum Heiratsmarkt und schafft es jetzt auch durch ihre Ausstrahlung die letzte Dame zu verkuppeln und gibt der Hairam Bescheid über den Stand der Heiratspläne, den Rest muss die Hairam nun machen, wir haben unseren Teil erfüllt.

Alen macht sich auf zum Scheich von Birscha, welcher allerdings gerade keine Zeit hat und uns Bescheid gibt, wenn es passt, also geht er zurück zur Herberge.

Torben versucht sein Glück beim Bogenschießen, aber heute scheint nicht sein Tag zu sein.

Wir müssen noch zum Arbeitskräftemarkt uns fehlen ja noch einige Arbeiter, allerdings haben wir nicht so viel Geld wie benötigt.

Darum verzaubere ich Lena noch etwas damit sie durch ihre Ausstrahlung die Verhandlungen für uns beeinflussen kann. Und nach etlicher Zeit hat sie es geschafft, wir mussten nur noch den Zierdolch mit drauflegen und sie hat eine persönliche Einladung beim Händler.

Alens Unterstützung ist wohl zu einem Strecken der Muskeln geworden als er die Bewacher des Händler sah, zum Glück hat das die Verhandlungen nicht beeinflusst. Zum Abendessen geht Lena zum dem Händler und hat einen schönen Abend, sie wird verwöhnt ohne das es die guten Sitten überschreitet, der Händler war wohl wie Wachs in ihren Händen. Nach unserem Abendessen können Alen und Jassafaf zum Scheich und schildern die Ereignisse. Der Scheich ist bereit unsere Botschaft, dann unter seinem Siegel zu Hilbert zu schicken und er erzählt den beiden dass das Lager der Heirame uns gegenüber in zwei Lagern gespalten ist. Auf die Frage nach einem Magier sagt er den beiden das einmal der Sultan zwei Hausmagier sein eigen nennt und das zwei Scheichs, welche dummerweise uns unfreundlich gestimmt sind auch Magier haben. Einer davon ist sogar der, der uns zum Essen eingeladen hatte, bei dem dann die Sachen abhanden gekommen sind. Somit fällt die

Möglichkeit die Kiste zu entzaubern ja mal so
was von aus, schade aber auch.
Zumindest wissen wir wer jetzt was gegen uns
einsetzen kann, zumindest von den beiden.
Alen und Jassafaf kommen zurück und
berichten uns dann das Gesagte.
Ich mache mich auf ins Bett, war ja doch ein
recht anstrengender Tag für mich und ich
brauche etwas Ruhe.

7. Travia 1033
Ich bin ausgeruht aber noch nicht wieder bei
vollen Kräften, die Kiste unter meinem Bett steht
noch und auch das Bett ist noch da, also noch 6
Tage…

Kabasch der letzte Tag,
heute ist der 7.Travia des Jahres 1033BF
und ich bin froh in meinem Bett aufzuwachen,
denn ich habe noch ein Bett. Nach dem
Frühstück ziehen Lena, Torben und ich los zum
Kabasch, Alen und der Rest der Truppe bleiben
in der Karawanserei und wollen später
vorbeikommen.
Wir erreichen das Festgelände und sehen dass
alles ausgeschmückt ist, sie haben sogar das
große Zelt für die Hairane abgebaut damit alle
Leute Platz auf den Platz finden.

Als erstes findet der Heiratsmarkt statt, es werden die Mädels vorgestellt, unsere Schützlinge auch, und dann geht das Geschachere los.

Die Leute haben hier sehr seltsame Sitten, bei den für Menschen besonders hübsche Mädels kommen gleich mehrere Bewerber und bieten für die Frauen, sehr seltsam.

Nach gut zwei Stunden sind dann alle unter einem Hut und der Sultan gibt noch jedem Paar seinem Segen.

Die Hairam von den Beni Schuuf ist zufrieden mit den Bräutigamen und meint noch dass die eigentlichen Trauungen dann unter den Stämmen durchgeführt werden. Sie bedankt sich noch ganz herzlich bei Lena und sagt uns ihre Unterstützung zu.

Nach dem Mittagessen gibt es die große Versammlung der Hairame, das ist jetzt der entscheidende Moment für unsere Unternehmung, ob wir die Fürsprache bekommen oder nicht.

Nach etlicher Zeit bekommen wir Bescheid dass wir graben dürfen, Scheich Ali von der Oase birscha sagt uns noch das wir unter Beobachtung stehen und wir sollen vorsichtig sein, halt keine Verfehlungen gegen den

Glauben und die Leute machen.

Wir werden uns bemühen....

Am Abend gibt es ein großes Abschlussfest und wir dürfen auch daran teilnehmen. Es wird nur so auf getafelt. Es gibt Kamel, jede Menge Dattelschnaps, Musik und Unterhaltung. Naja, Dattelschnaps ist echt nicht unser Ding, denn nach recht kurzer Zeit knockt uns das Zeug aus und das sogar alle, der nächste Tag wird wohl nicht besonders gut werden. Ich mache zumindest keinen Blödsinn mit der Truhe unter meinem Bett, so klar bin ich noch....

8.Travia 1033BF

Mir geht es gar nicht gut und das mir, aber die Truhe steht noch unterm Bett und somit steht auch das Bett noch. Aber mein Kopf dröhnt, mein einziger Trost sind die Gesichter meiner Gefährten die alle nicht besonders fit aussehen. Ich zieh mich recht schnell zurück und verbringe den Tag rumdösend in der Oase.

9.Travia 1033BF

Heute ist ein schöner Tag, zumindest fängt er wieder gut an, es geht allen besser und wir beschließen heute die Briefe zu schreiben. Den, den ich mit Helios losschicke, schreibe ich in Rogolan, eine besser Verschlüsselung findet man hier wohl nicht. Danach halte ich ein Zwiegespräch mit Helios und schicke ihn los . Die anderen geben den „offiziellen" Brief dann über den Sultan mit der nächsten Karawane los.

Die folgenden Tage vergehen, ich bin auf der Suche nach weißen Khomsand, welchen ich für ein recht praktisches Rezept benötige. Wenn wir wieder in klimatisierten landen sind muss ich unbedingt die restlichen Zutaten sammeln und kaufen.

12.Travia 1033BF
Morgen „läuft" die Truhe ab, deswegen bringen Torben und ich sie abends in die Wüste und stellen sie auf eine Düne. In angemessener Entfernung, ca. 300 Schritt, bauen wir ein kleines Lager auf, machen Feuer und verharren der Dinge die dann kommen. Haben extra nichts besonderes dabei, man weiß ja nicht was passiert, Lena will am nächsten Tag vorbei schauen...

13.Travia1033
Am morgen steht die Kiste, vorsichtig nähere ich mich ihr und begutachte sie, dafür wirke ich einen Odem auf sie und stelle fest, dass nur noch ein Zauber drauf ist. Jetzt haben wir eine

50:50 Chance das es der Schloßzauber ist.

Später kommt Lena vorbei, sie hatte vorsichtshalber Ersatzsachen für uns dabei.

Gar nicht mal so doof, hätte ja sein können das wir nackt in der Wüste sitzen.

Nach etlichen Überlegungen beschließt sie mit ihren Zweililien die Truhe aufzubrechen, ihre Waffe ist ja magisch, da sie diese ja zum fliegen nutzen möchte.

Zur Not kann sie Torbens Hemd als Kleid tragen, also haut sie drauf und bricht doch glatt das Schloss aus dem Holz. Ha, hatte ich doch Recht, in der Truhe sind unsere Sachen.

Ich nehme die Taube und mein Rezept an mich und gebe Torben den Ring.

Am Nachmittag kommt Helios zurück, mit einer Antwort, Hilbert hat die Botschaft erhalten, aber brauchte etwas länger um einen Übersetzer zu finden. Wir sollen uns gedulden, er wäre auf dem Weg und der dauert...

Kapitel 3
Ausgrabung

13.Boron 1033
Endlich kommt Hilbert an.

Nachdem er sich erstmal in der Karawanserei einquartiert hat, erzählen wir ihm den aktuellen stand und unsere Erlebnisse hier in der Wüste. Wir schildern ihm wie es um die hiesigen Machthaber steht, dass wir schon bedroht wurden und dass uns dinge entwendet wurden, wir sie aber wieder zurück haben.

Es sagt uns dass er noch zum Scheich Ali gehen möchte und sich vorstellen, immerhin ist er ja mit großem Gefolge gekommen. Davon stellt er uns die wichtigsten Männer vor. Zu einem den leicht verwirrten Magus Pargonus, er soll ein begnadeter Kartograph sein. Dann noch seinen persönlichen Assistenten Chadin sal Merech, ein junger Zauberer ohne Stab und Gildensiegel (er muss wohl noch nicht soweit sein). Dann kommen noch Jussuf ein begnadeter Baumeister und Alrik irgendwas, der wohl Zimmermann sei. Die beiden sind für die Maschinen auf der Ausgrabungsstätte zuständig.

Diese wird dann auch in den nächsten Tagen aufgebaut, es gibt diverse Zelte, auch eins für uns mit Einzelkabinen, das hatten wir ja schon von den Räubern erbeutet.

Neben etlichen Gerüsten und Förderanlagen gibt es sogar 2 feste Häuser, in einem ist die Küche untergebracht und in dem anderen ist das Lager für Gerät und Fundstücke.

Unser Job bei der Ausgrabung ist die Koordination der Einheimischen und der

44

Transporte die wir ja eh schon organisiert haben.
Es geht gut voran, wir finden sogar einige
alttulamidische Artefakte...

4.Hesinde 1033
Die Arbeiten laufen routiniert, bis plötzlich
heute 50 Arbeiter verschwunden sind, auch
noch welche die uns der Scheich Ali zugesagt
hat.
Es lief ja auch alles viel zu gut bisher.
Jetzt fangen die Probleme wohl an. Na toll!
Wir folgen kurz den Spuren und sie führen
tatsächlich in Richtung Birscha, also brechen
Torben, Lena und ich auf nach Birscha um das
zu klären.

5.Hesinde 1033
Wir erreichen Birscha ohne Probleme, den Weg
kennen wir ja nun schon auswendig.
Da es schon spät ist, quartieren wir uns bei
Khorim wieder ein, er hat sogar unsere Zimmer
noch frei.
Wir sprechen die verschwundenen Arbeiter an,
aber Khorim kann uns da leider nicht helfen, er
habe zwar mitbekommen das ein größerer
Trupp von der Ausgrabung in die Oase
gekommen ist, weiß aber nicht warum.
Also gehen wir noch schnell zur Residenz vom

Scheich und erbitten für morgen eine Audienz,
die wir dann auch bekommen. Zurück in der
Karawanserei begeben wir uns auch schon auf
unsere Zimmer.

6.Hesinde 1033
Wir gehen nach dem Frühstück zu Scheich Ali,
er wüsste schon Bescheid und es täte ihm
unendlich leid, zumal es ja auch noch seine
Leute waren, die so pflichtvergessen sind.
Er erzählt uns dass die Angehörigen der
Arbeiter von einem Wanderprediger aufgehetzt
wurden, ihre Leute würden mit Ungläubigen
arbeiten und sich dadurch den Zorn Raschtulahs
zuziehen und die, die gegangen sind, haben
Angst davor.
Zumindest sechs junge Arbeiter kommen
zurück zur Ausgrabung, sie wäre nicht ganz so
abergläubisch.
Wir bedanken uns beim Scheich und machen
uns dann zeitnah zurück zur Ausgrabungsstätte

7.Hesinde 1033
Wir kommen wieder in der Ausgrabungsstätte
an, was für ein hin und her Gehetze.
Dort erzählen wir Hilbert und den anderen was
wir erfahren haben.
Glücklich ist er darüber nicht, jetzt muss er

Arbeitskräfte kaufen, dafür schickt er den
Luftdschinn mit der Taube nach Mherwed um
dort Sklaven zu kaufen, das erhöht die Kosten
zusätzlich.

Wir beschließen jetzt vermehrt bei den Arbeitern
zu sein um solche Ereignisse im Vorfeld zu
erkennen und besseren Kontakt zu ihnen zu
haben.

Die Arbeiten laufen wieder auf normalem
Niveau und die Tage vergehen.

14.Hesinde 1033
Die neuen Arbeiter kommen an und werden
ihren Arbeiten zugeteilt, als es plötzlich
wahnsinnig laut zu knirschen beginnt. Als wir
uns dem Geräusch zuwenden, sehen wir wie
sich das ober Zahnrad vom Förderband mit
lauten Knall zerbricht.

Na toll, die Mechanik ist Schrott und das ist gar
nicht gut.

Bei näherer Betrachtung stellt Jussuf fest, dass
das nicht normal war und es wohl Sabotage
wäre.

Gesehen an dem Rad wurde niemand, darum
fragt Lena die Arbeiter ob sie was mitbekommen
haben. Alle bis auf zwei verhalten sich normal
und können glaubwürdig sagen dass sie nichts
gesehen haben. Nur die beiden sind sehr nervös,

darum spricht Lena ausgiebiger mit den beiden, aber sie bleiben bei ihrer Geschichte.

Darum schaut Lena mal genauer nach, sie macht so einen Hexenzauber und dort sie sie auffällige Bilder.

Für das nachfolgende Gespräch helfe ich ihr etwas nach und zauber noch einen Attributo auf sie. Sie spricht dann einen Bann Baladin auf den Arbeiter und danach erzählt er ihr endlich was er gesehen hat. Er hätte schon am morgen auffällige Spuren am Förderband gesehen, aber sich nicht getraut uns dieses zu sagen oder überhaupt jemandem von zu erzählen und nachdem das Rad kaputt gegangen ist noch weniger. Wir beschließen von jetzt an selber Wache zu halten und dass die Wachen an den wichtigen Punkten besonders achtgeben müssen. Die nächsten Tage geht es wieder ruhig weiter das Rad wird repariert.

17.Hesinde 1033

Das Rad ist wieder ganz und unser Förderband läuft. Wir machen jetzt nachts immer selbst Wache und schlafen dann halt eben tagsüber. Die Tage und Nächte vergehen ohne besondere Ereignisse, wir haben noch nicht gefunden was wir eigentlich suchen.

24.Hesinde 1033

Der Tag verläuft ruhig, ich habe die mittlere Wache als ich plötzlich einen Schatten in ca. 40 schritt schleichen sehe. Ich schleiche ihm erfolgreich hinterher. Am Werkzeugschuppen habe ich ihn fast erreicht als plötzlich Feuer an selbigem ausbricht.

Jetzt ist alle Heimlichkeit umsonst und ich rufe nach den Wachen und schreie dass es brennt. Torben ist als erster da, naja ich sollte ihn ja eh wecken. Während die anderen kommen, kann ich erkennen, dass es sich um Brandöl handelt, das kriegen wir mit Wasser nicht aus und fast alle schaufeln sind in dem brennenden Schuppen.

Ich lasse mir von Torben den Ring geben und rufe den Erzelementar. Nach kurzen Gespräch mit selbigen ist er einverstanden mir den Dienst des Feuerlöschens zu erfüllen.

Elementare Kontrolle ist schon sehenswert, der Dschinn formt einen Sandwirbel welcher genau über dem Schuppen endet und die Flammen, samt Schuppen unter Tonnen von Sand begräbt. Sonst gibt es kein herumfliegendes Staubkorn. Nachdem die Flammen erloschen sind, entlasse ich den Dschinn. Die Sache ging ja zum Glück gut aus.

Torben und ich suchen nach der Spur der

Brandstifters und können sie schnell finden.
Wir folgen ihr bis wir plötzlich auf
Pferdespuren, genauer gesagt von zwei Pferden
stoßen.
Lena ist dann auch schon ran und sie schwingt
sich auf ihren Stock und fliegt den beiden
hinterher.
Als sie nah genug dran ist aktiviert sie ihr
Amulett aus der Hochelfenstadt und prägt sich
die Reiter ein und kommt dann zu uns zurück.
Die Richtung die die beiden eingeschlagen
haben ist eindeutig Richtung Birscha.

Wir gehen zur Ausgrabungsstätte zurück und
sehen dass der Schuppen schon langsam
freigeschaufelt wird, zumindest die Vorderseite,
die Rückseite ist ja jetzt durch Sand geschützt,
da brennt nichts mehr.
Wir erstatten Hilbert Bericht und dann machen
Lena, Torben und ich uns auf nach Birscha.
Der Rest beaufsichtigt die Ausgrabungsstätte
damit nicht noch was passiert. Nach halbem
Weg fliegt Lena alleine vor um die Reiter bei der
Ankunft zu beobachten und zu sehen wo sie
hingehen.

25.Hesinde 1033
Lena kommt an und geht erst mal wieder in die

Karawanserei. Am Abend sucht sie sich einen Beobachtungspunkt auf der Mauer um auf die Brandstifter zu warten. Leider war wohl ihr Tag zu anstrengend, jedenfalls schläft sie ein.
Naja, ist ja auch Neumond da hätte sie wohl eh nicht viel gesehen.

26.Hesinde 1033
Am morgen sieht Lena zwei Punkte auf sie zugeritten kommen und kann sie dann erkennen, es sind dieselben Typen. Sie verfolgt sie durch die Oase und sieht wie die Typen doch glatt in Karawanserei reiten. Später schlagen auch Torben und ich in der Karawanserei auf und Lena erzählt uns von den Leuten Wir fragen unauffällig Khorim über die Reiter aus. Er sagt uns, dass dies wohl Ordensritter seien und das ihr Anführer auch schon hier ist, mit gut 10 Rittern.
Na toll ,jetzt ist auch noch dieser heilige Orden hinter uns her, das wird noch interessant. Wir beschließen erst einmal uns zu sammeln und auszuruhen, bevor wir die weiteren Schritte planen..

26. Hesinde 1033, Fortsetzung der Ereignisse...
Lena, Torben und ich bitten um eine Erlaubnis beim Scheich Ali und bekommen sie für den

nächsten Morgen. Da wir ja die ganzen letzten Tage nur herum gehetzt sind (Torben und ich sehen wohl voll fertig aus, Lena ist irgendwie sehr frisch) beschließen wir den Tag zu beenden, wir können eh gerade nichts mehr machen.

Was in der Ausgrabungsstätte unterdessen geschah, ausführlich erklärt von Alen, Dajin und Jassafaf.

Bei seinem Rundgang sieht Alen plötzlich wie sich mehrere Arbeiter lautstark unterhalten, da er sie ja nun mal nicht versteht merkt er sich wie sie aussehen und holt Jassafaf, der wohl mal wieder bloß im Zelt herumgelegen hatte, naja was soll er sonst machen so dürr wie der ist kippt er ja beim schaufeln vorn über.... Zurück zum Thema, jedenfalls finden sie einen Arbeiter wieder und der erzählt unter vielen Verbeugungen und Effendis das wohl ein böser Geist Schaufeln, die er nur ganz kurz abgelegt hat , gestohlen habe. *Na toll noch Geister auf der Ausgrabung? Was kommt als nächstes, Baumkuschler?* Naja, Alen geht's praktisch an und sucht nach dem Werkzeug, die Schaufel ist weg aber er findet eine Spur die wegführt. Alen findet eine Spur, mal was anderes, *er entwickelt ja ganz neue Talente*, zumindest genau dann wenn es gebraucht wird, allerdings verliert er sie im Gebirge auch wieder und er macht sich cleverer weise sogar ein Bild von der Umgebung um dahin zurück zu finden. *Guter Junge.*

Dajin ist auch nicht untätig und entdeckt doch tatsächlich eine offene Tür am Schuppen und weil er ja eh nichts anderes vor hat, schaut er sich die Situation an und siehe da, das Schloss ist aufgebrochen worden. Und da er so ordentlich ist, schließt er mal schnell das Schloss mit „seinem" Schlüssel wieder zu und geht dann zu Hilbert um ihm um die Inventarliste zu bitten, die bekommt er auch, Schade er kann sie nicht lesen, also noch einen Schreiber abkommandiert und schon geht die Schuppeninventur los. *Ich kann mir nichts Spannenderes vorstellen als Dinge in einem Schuppen zu zählen...* nach nur zwei Stunden steht fest, dass vier Laternen und sechs Wasserschläuche fehlen. *Da gräbt wohl wer auf eigene Rechnung, aber dazu kommen wir später.*

27.Hesinde 1033

Wir haben unsere Audienz beim Scheich, er lädt uns ein etwas zu essen bevor wir zu unseren Anliegen kommen, was wir dankend annehmen. *Mal was ohne Sand, also hauen Torben und ich rein wie wir es halt gewohnt sind, schnell und viel essen. Ich glaub wir sind da wohl etwas verroht....*

Nach dem Essen erzählt Lena dem Scheich die

aktuellen Ereignisse, unsere Erfolge und unsere Beobachtungen der Brandstifter und ihrer Zugehörigkeit. Das es zwei Ritter des Ordens waren die unter dem Kommando von Rohul al Achaki (*oder so ähnlich*) stehen. Er fragt uns dann ob wir unsere Beschuldigungen auch unter Eid beschwören würden, wir bejahen dies. *Ich habe ja den einen ganz rechtmäßig gesehen wie er Feuer gelegt hat und dass Lena die beiden aus der Luft gesehen hat muss man ja niemandem so erzählen...* Der Scheich würde in diesem Fall den Anführer vor ein Eilgericht laden, was er auch gleich für den nächsten Tag, also Morgen Vormittag ansetzt.

Auf der Ausgrabungsstätte ist es heute ruhig, das ist ja auch etwas Gutes, so läuft das Ausleihungsgeschäft wenigstens weiter. Alen, Dajin und Jassafaf zeigen vermehrt Präsenz auf der Ausgrabung.

28.Hesinde 1033
Heute ist die Gerichtsverhandlung, wir essen vorher noch schnell etwas und dann geht es auch schon zum Scheich. Lena hat sich bereit erklärt die Verhandlung zu übernehmen. *Was soll sie sonst auch machen, Torben und ich verstehen die hier eh nicht...*

54

Die Verhandlung ist hart, es werden beide Seiten gehört und gegenseitig Vorwürfe gemacht, aber Lena schafft es das Gericht zu überzeugen und dann gibt Rohul zu, dass seine Leute uns sabotiert haben, aber nur weil dieses Gebiet für seinen Orden heilig ist und dort eine geheime Ordenszuflucht verschollen ist, welche ein Geheimnis aus grauer Vorzeit birgt. Mehr könne er aber nicht sagen, außer das dies halt verbotenes Land wäre.

Na toll da vergessen die vor Jahrhunderten wo sie ihre Zuflucht haben und wir sind dann auf einmal Frevler weil wir dort ausgraben wo etwas hätte vielleicht eventuell sein könnte...

Aber der Scheich spricht ein für uns gutes Urteil, wir dürfen weitergraben und der Orden darf uns nicht mehr stören, da ja auch die Hairame uns ihr ok gegeben haben. Rohul sieht das auch schnell ein und er gibt uns ein magisches Amulett als Entschädigung. Dazu sagt er uns, dass dies den Eingang zur Zuflucht öffnet und wir uns die beiden urtulamidischen Worte Einlass und Übergang merken sollen, dies wären wichtige Schlüsselworte. Er warnt uns vor einer dritten Partei welche uns und dem Orden feindlich gesinnt ist und wir sollten achtgeben. Er würde in der Oase bleiben. Wir sagen ihm, dass wir ihn auf dem Laufenden halten würden und falls wir auf Feinde treffen ihn informieren. *So 10 gut gerüstete Ordenskrieger kann man schon dann und wann gebrauchen wenn es brenzlig wird....*

Wir verabschieden uns dann von Scheich und machen uns auf den Rückweg zur Ausgrabung. Unterwegs findet Lena einen guten Rastplatz wo wir unser Lager aufschlagen und nächtigen.

Was im Lager geschah.
Am Nachmittag kommen plötzlich aufgeregte Rufe aus einer Ausgrabungsgrube. Man hatte doch tatsächlich etwas außergewöhnliches entdeckt. Alen, welcher schnell hingeeilt war erkannte auch sofort, die ehemalige Funktion der Mauerreste, die da ca. ein Schritt aus dem Boden ragten, es war wohl ein Wehrturm und das was da ist, muss wohl das Erdgeschoss sein. *Seine Ausbildung ist nicht umsonst gewesen..*
Er erzählt dies auch gleich Hilbert und dieser erklärt dies jetzt zur Hauptausgrabung.

29.Hesinde 1033
Der Wachturm wird im Laufe des Tages immer weiter freigeschaufelt und im Keller finden sie eine Drachenstatue aus Obsidian, welche auf ihren Hinterbeinen steht. Am Abend erreichen wir das Lager und erstatten Hilbert und den

anderen gleich erst mal Bericht . Darauf hin
zeigt Lena Hilbert das Amulett, er erkennt
darauf 2 Wörter, „Einlass" und „ Übergang"...
welch Zufall.. Wir beschließen Nachtwachen zu
halten, aber die sind jetzt recht langweilig, es
passiert nichts.

30.Hesinde 1033
Es wird angenehmer vom Wetter her, noch
immer sehr warm aber nicht mehr so heiß. Wir
beschließen Alen´s Spur im Gebirge zu folgen,
darauf hin geht er mit Torben los und sucht
nach weiteren Spuren. Ich versuche mich mit
Helios einzustimmen damit er mir seine Sinne
leiht, am Anfang klappt das nicht aber nach ein
paar Leckerlis schaffe ich es und kann sehen was
er sieht und das ist sehr hoch. Also über die
Hügel „geflogen", da krabbeln Alen und Torben
rum und ich sehe nur Fels und Geröll, nichts
was auf Menschen schließen lässt.
Also trenne ich unsere Verbindung nach 10 min
wieder und erhole mich etwas, so ein Ritual ist
schon anstrengend.
Torben und Alen verlieren die letzten Reste der
Spur auch schnell wieder und fragen lieber die
Arbeiter ob noch mehr Dinge verschwunden
sind. Etwas Bauholz und ein paar Spitzhacken
wären wohl auch weg.

Die Nächte werden immer ruhiger, der Orden lässt uns jetzt wohl wirklich in Ruhe, es geht auch nichts mehr kaputt.

1.Firun 1033

Am nächsten Morgen fragt uns Hilbert ob etwas passiert wäre, aber wir können das verneinen, es war ja total ruhig. Deswegen und weil wir ja eh dafür da sind beschließen Torben und Alen einen Erkundungsritt um das Lager zu machen. Nach etlicher Zeit erkennt Alen einen ungewöhnlichen Geröllhaufen, als sie darauf zu reiten meint es das Schicksal gut mit den Beiden, denn sie erkennen die sandbedeckte Plane bevor sie in die darunterliegende Grube stürzen. Von diesem Loch aus entdecken sie auch Spuren die in Richtung Gebirge führen. *HIER gräbt jemand auf eigene Rechnung!!!!* Darauf hin kommen sie zurück und fragen mich ob ich nicht mit Helios mal so ein bisschen umherschauen könnte. *Meine Erdkraft ist nicht unendlich und so ein Ritual ist auch nicht von Pappe, aber das brauche ich den beiden nicht erzählen, da könnte ich eher einen Stein zum schwimmen bringen, bevor sie meine Kräfte verstehen.* Aber ich bin ja ein netter Zwerg und mache es. Und sehe Steine und Geröllhaufen, nichts was auf menschliche Bearbeitung hindeutet.

Lena unterdessen sieht ein paar Arbeiter streiten und sie befragt diese Arbeiter und einer erzählt ihr, das seine Spitzhacke weg wäre und sie solle ihn doch nicht bestrafen dafür. Er könne nichts dafür, er habe sie nur für die Pause abgelegt Unterdessen erzählen wir Hilbert von der Grube und er sagt, das er dort auch graben wollte, nur halt später und das es noch sechs weitere Punkte gibt, wo er graben würde. Er zeigt sie uns auf der Karte und Dajin zeichnet sich eine Skizze ab wo die sind. Da der Tag nun schon vorangeschritten ist gibt es eine heftige Diskussion was wir machen wollen. Torben und ich beschließen mal in Richtung Gebirge eine dunkle Nachtwache zu halten ob wir was sehen. Er solle mich dann nach der Hälfte wecken.
Hab ich gut geschlafen als ich am morgen erwache, in meinem Bett. Torben kommt etwas verfroren und steif ins Lager, soviel zum Wecken.... Dajin und Jassafaf teilen sich die Wachen an der ausgegrabenen Ruine. Lena und Alen erholen sich.

2.Firun 1033

Nach dem Frühstück beschließen wir die sechs Punkte uns mal genauer anzuschauen, also reiten wir los, alle außer Lena und Jassafaf, die

59

beiden haben weiterhin die Ausgrabung im Auge. Dank der Karte und unserem guten Orientierungssinn finden wir auch schnell den ersten Punkt und siehe da, ein Geröllhaufen. Nach knapp einer halben Stunde kommt auch ein abgedeckter Schacht zum Vorschein. Torben bleibt in gesunden Abstand stehen. *Da ist er nun schon ein so großer Held und traut sich nicht in so einen geräumigen Schacht....*Der Schacht ist ca. acht Schritt tief, gut abgestützt (wohl unser Bauholz) und es gibt sogar eine Leiter, also nichts wie runter und umgesehen und unten angekommen, blanker Fels. Also hier ist und war nichts zu holen, das sage ich auch den anderen als ich wieder hochkomme. Also auf zum nächsten Punkt. Nach einer halben Stunde Suchens reiten wir weiter, da hier nichts zu entdecken ist. Das gleiche zeigt sich am nächsten Zielpunkt auf unserer Karte.

Was dann kommt ist schon spannender. Alen findet plötzlich Geröll, als er es begutachtet klingt es hohl als ein Stein herunterfällt. Schnell entdecken wir eine Grube von einem Schritt Breite, die in eine Höhle führt. Torben erzählt uns facettenreich das er da ja gar nicht reinpassen würde und der Rest der „ Bande" tut es ihm gleich. Also muss wohl der Angroschim wieder aushelfen. *Was würden die ohne mich nur machen?* Ich krieche dann mal rein, ist schon etwas eng aber nicht so schlimm wie ich die Erzählungen von draußen höre. Der Gang wird immer steiler und ich kann erkennen das dies eine natürliche Höhle ist, als ich so schauend um die Ecke biege werde ich doch glatt gebissen. Aua so ein Mistvieh, ich sehe da doch glatt eine Schlange zurückschnellen. Mir geht's nicht gut ich muss da unbedingt was machen, das ist mir sofort klar.

Also retour und draußen erst mal ein Antidot genommen, ah schon besser, meine Sinne sind klarer und ich merke, dass das Gift nicht mehr wirkt. Noch schnell auf die Hand gespuckt und ich bin wieder fit, ausgelaugter was die Erdkraft angeht, aber wieder fit. *Beim nächsten mal geht wer anders da rein...* Der fünfte Punkt ist auch nach längerer Suche ohne Befund aber am sechsten konnten wir wieder eine Fremdgrabung sehen, welche erst vor kurzen versteckt wurde. Offensichtlich wollen Die „Fremdgräber" hier weitermachen. Daraufhin tarnen wir die Grube wieder und reiten zurück,also Torben und ich um Hilbert Bericht zu erstatten. Als wir das Lager erreichen finden wir es in einer Heiden Aufruhr vor. Lena berichtet uns darauf hin, dass ein Portal im Keller des Wehrturms ausgraben wurde. Torben macht sich dann auf den Weg zu Alen und Dajin, da ja auch die Fremdgräber eher hier dann „suchen" würden. Wir halten in der Nacht Wache an der Ausgrabung und es blieb zum Glück ruhig.

3.Firun 1033BF

Nach einem ausgiebigen Frühstück begeben wir uns alle zur Ruine mit dem Portal, die Ausmaße die es einnehmen wird sind riesig. Mittlerweile sind alle Arbeiter am Graben und man sieht schon das es dahinter in einen Tunnel geht. Da nun alle hier sind sehen wir keine Gefahr von außen hin und kümmern uns um unsere Ausrüstung. Ich packe mir noch ein paar Verbände ein, wer weiß wann wir die noch brauchen und versorge dann Helios. *Ich glaube Alen hat etwas lange in der Sonne gesessen, zumindest bei den Scherzen die er so macht. Irgendwann werde ich wohl mal mit ihm eine kleine Unterhaltung führen müssen….*

Nach dem Mittagessen lege ich mich mal etwas hin, ist eh gerade Siesta Zeit, was ich so mitbekommen habe, durchs Schnarchen aus dem anderen Zelt folgt Torben meinem Beispiel. In der Nacht teilen wir Wachen ein, um unliebsame Zeitgenossen abzuschrecken, naja, und was soll ich sagen ich schlafe doch glatt wieder ein. *Die Tage sind echt anstrengend.*

Aber Jassafer bleibt wach, was wohl auch an meinem Atemgeräuschen liegen mag, praktisch so was. Er sieht wohl etwas aufblitzen in weiter Ferne in den Hügeln, bekommt mich wohl aber nicht wach. *Ja der Schlaf der Gerechten ist tief.* Er sagt es der Ablösung und Daijin baut eine Richtungsmarkierung damit wir morgen mal nachschauen können, sehr clever unser Maraskaner. Ansonsten ist die Nacht sehr ruhig.

4.Firun 1033 BF
Was für ein schöner Tag, ich fühle mich wieder topfit und Jassafer schlägt vor, dass wir doch mal in die Berge gehen sollen um nach dem Licht beziehungsweise seinem Ursprung zu suchen. Was ja gar nicht so doof ist, da wir hier eh nur stören. Also sagen wir Hilbert Bescheid und er findet die Idee auch sehr gut. Torben wirft ein wir sollten eventuell den Ordensleuten Bescheid geben, aber das verschieben wir erst mal auf später wenn wir genaueres gefunden haben und berichten können.
Also noch etwas zu Essen und zu Trinken eingepackt, die Umhängetasche mit den Heilmittel umgehangen und die Waffen umgeschnallt und auf geht's in die Berge.
Torben führt uns in die Berge und er scheint die Richtung auch sehr gut zu halten, bei diesem

Gelände hier. Nach einigen Meilen stoßen wir auf eine tiefe Schlucht, welche wir umgehen müssen, nachdem Alen sich endlich von seinem Felsblock gelöst hat. Torben behält aber trotz dieses Umwegs die Richtung und wir erreichen am Mittag einen steilen Hang, also noch steiler als der Weg den wir bisher zurückgelegt haben. Hier müsste in etwa das Licht gewesen sein, meinte Jassafer und wir beginnen zu suchen. Nach gut einer Stunde finden wir dann auch Spuren auf einem gut getarnten Pfad, der wenn ich mich so umsehe parallel zur Ausgrabungsstätte liegt, in der Ferne sieht man sie sogar. Torben, Lena und ich studieren die Spuren, Torben und ich kommen schnell zu dem Schluss, dass sie in eine bestimmte Richtung führen, aber Lena sagt was ganz anderes und man hat das Mädel ein Überredungstalent, denn wir folgen „ihrer Spur" . Irgendwie ist das nicht richtig, aber ich sag mal nichts. *Wieso sag ich einfach nichts? Das passt doch gar nicht, ich hab die Spurrichtung doch klar gesehen....*

Naja, also auf in die Lenarichtung und wir finden die Spur auch immer wieder und sie sieht seltsam aus, warum gehen die rückwärts? Nach einer Stunde können Torben und ich endlich Lena überzeugen, das wir falsch gelaufen sind hier ist das sehr deutlich zu sehen, man kann eine Hacke erkennen, Steinchen die eindeutig in die andere Richtung gekickt sind und Lena sieht es endlich ein. Wir gehen also zurück und nach etlicher Zeit, es ist schon später Nachmittag, geben wir das Suchen auf. Wir markieren noch schnell die Stelle an der wir sind, um sie leichter Morgen wiederzufinden und begeben uns auf den Rückweg zur Ausgrabungsstelle. Am frühen Abend treffen wir wieder auf eine Schlucht, nur breiter, länger und tiefer. Wir umgehen sie so gut es geht. An einer Stelle geht es aber so nicht weiter, Dajin, Alen und ich klettern rüber und werfen dann den anderen Seil rüber, an dem sich der Rest einfacher rüberhangeln kann. Dajin ist noch so nett und holt das Seil, welches an der anderen Seite festgemacht wurde zurück und wir können dann den Restweg gut zurücklegen. Beim Abendessen erzählt uns Hilbert von den Fortschritten bei der Ausgrabung. Wir beschließen wieder Wache zu halten, ich übernehme die erste Wache mit Lena und sie schläft doch glatt ein. *Ist wohl das Laufen in solchen Gelände nicht gewohnt. Naja, sie würde es wohl lieber überfliegen als drüber hinweg zu kraxeln.* Es bleibt aber sonst ruhig. Ich sage es der Ablösung und dass sie Lena schlafen lassen sollen. Der Rest der Nacht ist auch ruhig und der nächste Tag bricht an.

Kapitel 4
Das Gewölbe

5.Firun 1033
Heute wird der Gang wohl soweit freigelegt, dass wir ihn erkunden können, aber bis dahin ist noch etwas Zeit, die wir für Vorbereitungen nutzen.
Also packen wir uns Vorräte, diverse Leuchtmittel (ich eine Laterne und Öl) ein. Dann noch die Rüstung angelegt, jetzt brauchen wir ja keine Wüstenkleidung und man weiß ja nicht was da unten wohnt und auf uns zukommt. Und dann kommt auch schon die Nachricht dass es losgehen kann, sie haben den Gang soweit freigelegt das wir durch krabbeln können. Was für Torben nicht ganz so leicht ist, warum wächst er auch so hoch in den Himmel…. Aber nach zehn Schritt können wir alle aufrecht gehen und im schummerigen Licht der Öllampen und Jassafers Stab sieht man erstmals die wahren Ausmaße des Ganges, so ohne Sand ist er gute 2,5 Schritt hoch und auch so breit dass zwei Menschen gut durchreiten könnten ohne sich zu stoßen. Nachdem wir ca.

150 schritt zurückgelegt haben, sehe ich ein Glimmen in der Ferne, tja die berühmte Dämmerungssicht der Angroschim. Ich sage den Anderen was vor uns liegt und wir gehen kampfbereit langsam weiter, unser Versuch mit Schleichen scheitert etwas, aber am Ende des Ganges stoßen wir in eine große Höhle und hier ist wohl niemand der durch unser im Dunkeln Tapsen gestört wurde zu erkennen.

Diese Höhle ist riesig, die Decke ragt wohl gute 20 Schritt über unsere Köpfe, es geht noch etliche Schritte nach unten. Sie ist kreisrund und ich würde den Durchmesser auf gute 20-30 Schritt schätzen. Das Licht kommt durch Spalten in der Decke und wir stehen auf einem Sims der links nach unten geht und rechts nach oben führt. Als ich ihn mir so genau ansehe erkenne ich klar, dass er von Menschen bearbeitet wurde. Wir sehen erst mal nach unten um den Boden der Höhle auszumachen, wie widerlich, es scheint ein Tierfriedhof zu sein. Es liegen Kadaver in verschiedenster Form hier herum. Einige sehen uralt aus und andere sind relativ frisch. Der Boden ist jedenfalls komplett bedeckt. Da will ich nicht durch und den anderen geht es genauso, also wieder aufwärts und von dem Gestank und Anblick weg. Nachdem wir den Eingang passiert haben, stoßen wir nach einer viertel Umdrehung auf einen Schlitz in der Wand. Lena und ich gehen rein. *Ich sollte nicht immer mich freiwillig für enge Gänge melden, aber die Neugier ist halt da und ich sehe ohne extra Licht am besten.*

Jedenfalls pressen wir uns durch und gelangen in eine kleinere Höhle. Mein Blick nach oben enthüllt mir viele, sehr viele Fledermäuse. *Die sollten wir nicht wecken, das denk ich mir so als ich jemanden von hinten schreien höre was wohl hier drin ist. Ahh Panik, aber die Viecher schlafen weiter, puhh Glück gehabt..*

Lena schiebt sich gerade durch den Spalt als sie auf etwas Metallisches tritt. Nach genauer Betrachtung ist ein Gong noch erkennbar und dann sehen wir sogar ein Fenster in der Wand. Mal durchgeschaut und siehe da, es ist genau auf den Höhleneingang ausgerichtet, perfekt für eine Wachstube. Soviel kann man jetzt erkennen. Wir quetschen uns danach wieder durch die Spalte nach draußen und berichten unsere Beobachtungen. Hier oben geht es jedenfalls nicht weiter also doch nach unten hoffentlich müssen wir nicht durch den Friedhof.

Wir haben Glück, kurz vor dem Boden gibt es wieder eine Spalte in die Wand und ich geh mal wieder vor, hinter mir Lena und danach poltern Alen und der Rest durch die Ritze die sich schnell als ein enger Gang entpuppt der über viele Biegungen verfügt und ist mit Tropfsteinen und Geröll am Boden übersät. Wir stoßen uns öfters an. *Einige wohl mehr als andere, es ist immer gut aus seinen Fehlern zu lernen und den Kopf einzuziehen.*

Nach einer Weile sehe ich wieder Licht und als ich hinaustrete in das Licht bleibt doch glatt was an meinen Bein hängen und daraufhin greifen mich zwei riesige Spinnen an.

Eine schafft es sogar mich zu beißen, diese Mistviecher. Ich dreh mich zu der nach rechts, denn die andere Spinne ist nicht so gefährlich, da sie ihren Schwung wohl verschätzt hat und schicke dem Mistvieh erst mal einen Zorn entgegen, der sie auch trifft und etwas wegstößt, sie schnappt nach mir und gleich den nächsten Zorn hinterher und der dritte kickt sie über den Rand des Simses. Sie fällt mit einem Kreischen nach unten und prallt dabei noch mehrfach gegen die Wand.

Ein Kadaver mehr da unten, um den es mir aber nicht schade ist.

Die andere Spinne wird von Lena und Alen bekämpft, am Ende haut Alen sie kaputt, also wörtlich gemeint, das Vieh verabschiedet sich mit einem letzten Kreischen nach unten.

Dann kommt ein zweiter dumpfer Aufschlag

und es ist ruhig, bis auf unser Atmen und das klopfen in meinen Ohren.

Ich spüre das Gift in der Wunde, merke aber sehr schnell, dass Wirkung verfliegt ohne dass sich weitere Folgen auftun.

Ja so ein Angroschim ist halt sehr widerstandsfähig…

Wir blicken nach oben und sehen, dass die gesamte Höhlendecke voll mit Netzen bespannt ist, da wohnen wohl noch mehr von diesen Viechern.

Dann folgen wir dem Weg nach oben und als wir schon fast rum sind, kommt wieder ein Gang. Geschickt angelegt muss ich ja mal sagen. Dieser Gang ist seltsamerweise kalt, also kalt so dass man den Atem sieht.

Ich binde mir den Umhang enger um und gehe jetzt als dritter in der Schlange.

Nach zehn Schritt sehen wir hinter einer Biegung blaues Licht schimmern, also eher fahl blau und definitiv nicht natürlich.

Wir treten in eine kleine Höhle, durch die ein Bach fließt und in der Mitte steht ein fassgroßer blau leuchtender Stein, der definitiv magisch ist. Er leuchtet die 10 Schritt hohe Höhle voll aus und wir sehen auf der anderen Seite einen Gang, den wir dann auch gleich betreten. Dieser führt über 50 Schritt immer nach oben und Alen sieht

kurz bevor wieder in die große höhle tritt ein
Spinnenseil, er verbrennt es mit seiner Fackel
und da kommt auch schon so ein Mistvieh
abgeseilt und läuft uns nach. Wir ziehen uns in
den Gang zurück und die Spinne folgt uns bis
zur blauen Höhle. Dann dreht sie plötzlich ab
und rennt weg. *Und da überkommt mich doch glatt
ein Geistesblitz und ich erinnere mich an eine
Geschichte die mir mein Großvater erzählt hat.
Drachen und auch Insekten sind ja Kaltblüter und in
den großen kriegen der Vorzeit wurde Kälte als
Schutz gegen alles echsische benutzt.*
Ich erzähl den anderen kurz davon und wir
gehen wieder zu der großen Höhle.
Die Spinne ist weg.
Wir gehen ca. 15 Schritt nach oben als wir
wieder auf einen Eingang treffen.
Also rein in den Gang, welcher sehr groß ist, ca.
zwei Schritt breit und gute 2,5 Schritt hoch.
Endlich wird's bequem. Denkt man jedenfalls,
denn am Ende steht plötzlich eine Gestalt.
Zumindest sieht es so aus.
Also vorsichtig näher ran, und dann sind wir
auf 10 Schritt ran und erkennen, dass es sich um
eine bärtige, axttragende Statue mit funkelnden
Augen handelt, die in unsere Richtung blickt.
Und es ist nicht nur eine zu erkennen, nein, eine
zweite schaut in den abgewinkelten Gang in den

71

es weiter geht. Sehr seltsam, also geht jetzt erst
mal Alen vor mit dem Schild in der Hand, als er
auf fünf Schritt ran ist leuchten die Augen auf
und eine rote Lichtkugel so breit wie der Gang
und in 1,5 Schritt Höhe rast auf ihn zu und trifft
ihn, er wird zurückgeworfen und wir sind alle
geschockt.

Eine Falle, aber wir müssen da durch, das ist
klar, also nachgedacht.

Alen nimmt von Lena das Amulett und geht das
Losungswort „Eingang" rufenden auf die Statue
zu, die nächste Lichtkugel kommt, er blockt sie
souverän ab und geht weiter, dann gleich die
nächste Kugel die ihn wieder zurück wirft.

Dann krabbeln wir alle auf die Statue zu, blöd
ist nur das Alen dabei noch mehrere auslöst bis
er außerhalb der Blickrichtung der Statue steht.

Wir, also der Rest schaffen es gerade noch
rechtzeitig den Kopf einzuziehen und bleiben
erst mal liegen, während Alen plötzlich in das
Sichtfeld der zweiten Statue gerät und prompt
schießt die auch, allerdings auf Bodennähe, er
hechtet in den Zwischenraum der beiden
Blickrichtungen und wir überlegen wie es
weitergeht. Wir stellen fest, Die Lichtkugeln
kommen immer im gleichen Intervall nach dem
Auslösen, also müsste man mal
geschickterweise auslösen und der ersten Kugel

folgen.

Dajin testet das auch gleich mal, er krabbelt an der ersten Statue vorbei, löst die zweite aus und hechte sich auf und rennt los und tatsächlich schafft er es. Also auch fünf Schritt von der Statue weg ist es sicher. Lena macht es sich einfach, sie zaubert Spinnenlauf auf sich und krabbelt sicher an der Decke lang.

Na gut, dann ich als nächstes.

Also ausgelöst und aufgehechtet und losgerannt…. Mist zu langsam die Kugel erwischt mich voll und schleudert mich ca. zwei Schritt nach vorn. Beim Aufstehen erwischt mich auch schon die nächste.

Was für Schmerzen, mir wird schwarz vor den Augen, zum Glück nur kurz und was für ein Glück es kommt keine Kugel mehr. Also weiter gekrabbelt und einen Heiltrank genommen.

Ahh, mir geht es wieder gut, da sehe ich das Torben auch zweimal von den Beinen gekickt wird und er da auch so rumliegt.

Ich schau ihn mir an und gebe ihn meinen letzten Einbeerensaft.

Er selber nimmt auch einen Heiltrank.

Der Rest der Gruppe schafft es dann aber zum Glück. In der großen Höhle angelangt, sehen wir links und rechts Brückenpfeiler und auf der anderen Seite ein Portal und auch

Brückenpfeiler. Alen nimmt das Amulett und spricht das „Übergang"–Schlüsselwort. Daraufhin entsteht eine magische, durchscheinende Brücke zwischen den Pfeilern. Ich überwinde meine Höhenangst und gehe wie die anderen auf die Brücke. Alen geht voran als sich plötzlich eine große Gestalt am anderen Ende erhebt. Sie sieht aus als würde sie nur aus Fliegen bestehen und Jassafer sagt irgendwas von Asfaloth-Golem. *Das ist nicht gut, Dämonen sind keine einfachen Gegner, das wissen wir seit Notacker genau….*

Sie kommt auf uns zu, das muss noch ein Wächter sein. Als wir uns nun auf die Brücke begeben kommt uns dieses Wesen entgegen und wir können nun klar erkennen das es nur aus Insekten besteht. Alen stürzt sich kampflustig dem Golem entgegen und dieser greift ihn prompt an, wobei angreifen wohl eher anders aussieht. Alen wird total von diesen Viechern umschlossen, sie krabbeln überall rein, in den Mund, die Nase und sonst wohin, wie eklig. Alen versucht etwas zu sagen aber sein Mund füllt sich noch mehr mit Fliegen. *Bähhhh!!!!* Torben schnappt sich eine Fackel und rennt auf Alen und dem Golem zu, Dajin schlägt mit seinem Nachtwind zu und teilt das Vieh in zwei Teile, blöderweise leben diese getrennt weiter und attackieren uns.

Ich wirke einen Ignifaxius, da Feuer ja gut gegen Insekten ist. Aber plötzlich geht es ganz schnell, Alen, Torben und der Rest erlegen die beiden Golemteile so schnell, dass mein Zauber zu spät kommt und ich ihn nicht abbrechen kann und dadurch wird Torben etwas geröstet.

Es tut mir unsagbar leid.

Dafür heile ich ihn von seinen Wunden, die er durch mein Feuer erhalten hatte.

Als auf zum Portal seht eine Steinplatte als Tür, Alen hält das Amulett vor und sagt das Losungswort und die Steinplatte verschiebt sich und wir können eintreten.

Der Gang dahinter ist seltsamerweise erleuchtet, schnell erkenne ich dass das durch die Phosporpilze kommt, ich packe schnell etwas davon ein, wer weiß wann man mal Licht braucht und die sind echt praktisch für einige alchimistischen Rezepte.

Wir gehen rein und sehen Überreste der Einrichtung, dann kommt links ein Abzweig, dem wir folgen, er endet in einem Raum.

Wir sehen uns um und Alen findet ein paar sehr alte Münzen und Reste von Möbeln, sonst nichts.

Also zurück zum Hauptgang. Nach ein paar

Schritten finden wir auf der linken Seite einen weiteren Raum, sieht aus wie eine Küche, sogar der Abzug funktioniert noch.

Die Erbauer waren sehr tüchtig, nach all der Zeit noch funktionstüchtig.

Ich schau mich mal um und finde doch prompt eine bronzene Gürtelschnalle, die ich dann mal einpacke. Aus der Küche führt noch ein zweiter Weg hinaus, welcher in Richtung Hauptgang läuft. Wir jedenfalls gehen zurück in den Hauptgang und folgen ihm.

Nach 15 Schritt erreichen wir eine Kreuzung.

Die Erbauer waren fleißig. An dieser Kreuzung treffen wir auf den Gang aus der Küche, eine extrem glatte bearbeitete Steinwand, wie unauffällig, und dem Hauptgang welcher weiter geradeaus führt.

Alen packt die Neugier und er untersucht die Wand erst mal und findet doch glatt eine Vertiefung, die oh Wunder genau wie das Amulett aussieht.

Er probiert es doch glatt aus und mit einem schabendem Geräusch bebt sich die Wand und gibt einen muffigen riechenden Gang preis.

Aber bevor wir dort reingehen, wollen wir erst mal sicherstellen dass aus dem Hauptgang uns nichts überraschen kann und wir gehen ihn weiter.

76

Am Ende erreichen wir einen großen Raum, in dem wir noch die Überreste von Betten sehen können. Auch hier sehen wir uns um und Dajin findet doch glatt einen gut erhaltenen, also seltsamerweise nicht korrodierten, Bronzedolch. Sonst finden wir hier nichts mehr und auch der Gang ist zu Ende.

Also zurück zum Portal, also die Wand, die sich mittlerweile wieder gesenkt hat.

Dann mal wieder aufgemacht und uns stellt sich nur die Frage ob wir es auch von der anderen Seite wieder öffnen können.

Naja, wir gehen erst mal rein, den Weg hinaus finden wir schon wieder.

Na dann rein in den Muff und auch dieser Gang leuchtet durch die Phosporpilze.

Die müssen hier gezüchtet worden sein....

Nachdem wir gute 10 Schritt zurückgelegt haben taucht auf der rechten Seite eine Höhle auf. Diese ist mit 30 Steinpodesten ausgestattet auf der lauter gut erhaltene Ordensritter liegen, naja, ihre Mumien zumindest. Und die sind auch noch voll bewaffnet und gerüstet, zumindest hat Satinav noch nicht alles zerstört. Wir jedenfalls lassen sie liegen und Alen spricht noch ein paar Wörter für die Bestatteten.

Zurück im Hauptgang sehen wir auf der linken Seite noch so einen Raum in dem nur 20

Mumien anzutreffen sind, auch diese lassen wir mal lieber in Ruhe und gehen weiter.

Dann erreichen wir eine große Höhle, an deren Eingang zwei riesige Sockel mit riesigen Mumien in Ordenstracht liegen, das müssen Trolle gewesen sein, ihre Waffen und Rüstungen sind respekteinflößend.

Die sollen da mal schön liegen bleiben.

Wir untersuchen die große Höhle und entdecken auf der linken Seite einen Spalt aus dem seltsames gelbes Licht zu kommen scheint.

Meine Neugier bringt mich dazu in den Spalt zu krabbeln, das leuchten wird immer heller und ich kann die Magie förmlich spüren.

Den Drang einen Odem zu wirken kann ich gut widerstehen. Nach fünf Minuten gehe ich wieder heraus und wir schauen uns weiter um.

Am Ende der Höhle treffen wir auf eine glatte Wand, ich kann sofort erkennen das diese durch einen Erzdschinn gebildet wurde.

Als wir noch darüber grübeln wie wir da durchkommen, trinke ich meinen vorletzten Zaubertrank, als wir plötzlich seltsame Geräusche vom Eingang hören, das klingt gar nicht gut.

Die beiden Trollmumien kommen auf uns zu, *oh Sumu hilf.*

Nach einem extrem harten Kampf, die beiden

schlagen echt heftig zu, schaffen wir es doch
irgendwann die Trolle zu besiegen und ich
trinke meinen letzten Zaubertrank und den
Heiltrank den mir Torben gibt, dann kann ich
mich den Verletzungen der Anderen widmen.
Ich verbinde Lena und schau mir Alen an, er hat
sich aber schon selbst verbunden.
Dann schauen wir uns die nun wieder toten
Mumien der Trollen an und entdecken nichts
ungewöhnliches, außer der Größe ihrer
Habseligkeiten.
Danach beschließen wir, dass wir uns ausruhen
sollten und tun das dann auch.
Die „Nacht" verläuft sehr ruhig, wobei Jassafer
wohl etwas schreckhaft ist und er Dajin schon
vorher weckt.

6.Firun 1033 BF
Am nächsten morgen essen wir unsere
Rationen, gut dass ich immer etwas mehr
einpacke, so hat Torben auch etwas zu essen
und dann schauen wir uns mal die Wand an
und wie wir da durch kommen.
Ich sage den anderen dass ich mittels einem
Elementar uns da einen Durchlass schaffen
kann, aber Alen will unbedingt mit dem Kopf
durch die Wand, also mit brachialer Gewalt.
Er überredet Torben und Dajin mittels der

Trollwaffe die Wand zu durchbrechen und dass sie sich mühen sieht man schon darin, dass sie die Waffe nur zu dritt als Rammbock benutzen können. Während ich mich auf die Anrufung vorbereite höre ich das erste Dong und dann das zweite Dong, mit darauffolgenden Fluchen von Dajin. Und dann das dritte Dong, begleitet von Jubelrufen, sie haben ein faustgroßes Stück herausgebrochen.

Als das vierte Dong, begleitet von einem erneuten Fluch verhallte, ist meine Anrufung geglückt und der Erzdiener steht vor mir

Meine Bitte schlägt er zunächst ab, aber ich kann ihn dann doch überreden uns eine passierbare Öffnung durch die Wand zu schaffen.

Jedenfalls haben wir dann ein 0,5 mal 0,5 Schritt großes Loch in der Wand, durch das ich mich gleich hindurchzwänge.

Die Luft ist schon eklig hier drin.

Ich helfe dann den Anderen mit der Passage der Öffnung, Torben ist echt eckig in der Öffnung, aber wir bekommen ihn dann durch.

Als alle drin sind sehen wir uns um und erkennen einem riesigen Sarkophag, welcher versiegelt und durch seltsame Steinanordnungen verziert ist.

Das muss Trollisch sein, Jassafer zeichnet die uns vollkommen unbekannten Anordnungen ab

und wir überlegen wie es weitergehen soll.
Alen pocht darauf Hilbert zu holen, aber noch
ist nichts entschieden.....

*Da es mir nicht möglich war die folgenden Ereignisse
aufzuzeichnen bat ich Torben sie für mich
aufzuzeichnen und so konnte ich sie in dieser
Chronik aufzeichnen. Hier also der Auszug aus
Torbens Tagebuch.*

Wir haben uns darauf geeinigt, dass wir Hilbert
von unserem Fund berichten werden und er so
den Sarkophag unbeschädigt begutachten kann.

Auf unserem Rückweg stehen wir wieder vor
dem Gang mit den beiden Statuen, nur das uns
diesmal die Statue gegenüber steht, welche ihre
Kugeln in Bodennähe auf uns schießt.
Dajin schafft es über die Kugeln zu springen
und sagt uns, dass die Statuen mit zwei
Eisenbolzen im Fels verankert sind. Wir
diskutieren eine ganze Weile, wie wir die
Statuen wohl außer Gefecht setzen können.
Jassafer meint, er könnte eine Art Schutzschild
(er nennt es Guardianum) erschaffen, der uns
vor den Kugeln beschützen kann.
Ich traue dem Ganzen nicht und beschließe
lieber auf Hilfe von Hilbert und seinen Helfern

81

zu warten.

Es sollte sich leider zeigen, dass meine Zweifel begründet waren. Nach der zweiten Kugel bricht der magische Schild zusammen und Alen, an der Spitze der Gruppe, stürzt durch die Kugel zu Boden. Artax wird ebenfalls zu Boden gerissen und Lena stürzt über Alen beim Versuch doch noch die rettende Ecke zu erreichen. Jassafer schafft es doch tatsächlich in diesem Chaos in die Ecke zu Dajin zu springen. Nur wenige Sekunden später schafft es auch noch Lena in Sicherheit.

Alen und Artax ziehen sich, durch Alens Schild geschützt, zu mir zurück.

Wir beschließen zu dritt, hier in der Höhle, zu warten.

Nach ein paar Stunden kommen Dajin, Jassafer und Lena zurück. Sie bringen Hilbert, Hilberts Schreiber und den Schmied mit. Der Schmied hat auch zwei Brechstangen dabei. Dajin und der Schmied schaffen es nach ein paar Versuchen auch die Statue (Kugeln in Bodennähe) aus der Verankerung zu lösen und drehen sie mit dem Gesicht zur Wand.

Dajin testet vorsichtig mit seiner Hand, ob der Gang zu uns nun sicher ist. Es geht alles gut.

Nun versuchen Alen und ich gemeinsam die Statue zu lösen, welche ihre Kugeln in

Brusthöhe verschießt, doch nach fünf
vergeblichen Versuchen geben wir vorerst auf.
Alen beschließt mit dem Schmied noch da zu
bleiben und nach einer Pause einen neuen
Versuch zu starten.
Der Rest von unserer Gruppe macht sich nun
auf den Weg zu der mysteriösen Kammer.

Hilbert ist ganz begierig darauf, den Sarkophag
zu öffnen.
Dajin und ich hebeln den Deckel von dem
riesigen Sarkophag und schauen vorsichtig
hinein.
Statt einer Trollmumie sehen wir einen zirka
vier Schritt langen und fast einen Schritt dicken
zylindrischen Gegenstand. Er scheint aus Leder
gefertigt zu sein und hat goldene kegelförmige
Endstücke.
Hilbert will sich das ganze genauer ansehen,
daher klettern Dajin und ich hinein und heben
das Artefakt heraus. Das Ding ist echt schwer,
bestimmt so schwer wie ich.
Nachdem wir es nun besser begutachten
können, stellt Artax ganz erstaunt fest, dass die
Endstücke aus Zwergengold gefertigt sind.
Das Leder ist auch kein gewöhnliches Leder
sondern gehärtetes Drachenleder.
Ich öffne mit meinem Dolch vorsichtig das

Lederband, was die Lederhülle zusammen hält, und öffne die Hülle.

Wir können nun sehen, dass sich eine riesige Pergamentrolle darin befindet, aber so ein Pergament hat noch niemand von uns zuvor gesehen. Die Schriftzeichen leuchten rosa-lila und scheinen sich ständig zu verändern. Auch das Pergament schimmert merkwürdig metallisch.

Artax schaut sich das genauer an und ruft auf einmal erstaunt aus, dass das Pergament aus Echsenhaut gefertigt ist und mit einem Kalk grundiert wurde, dem Titanium beigemischt sein muss.

Er ist ganz aus dem Häuschen, er hat bisher von dem Material nur gehört.

Auch Hilbert ist total begeistert.

Hilbert vermutet dass die Schriftzeichen Draknet Schriftzeichen sind, aber ohne genauere Studien in Kunchum könnte er nichts Genaueres sagen.

Wir rollen das Pergament wieder zusammen, die Rolle ist bestimmt 10 Schritt lang, und packen sie wieder in die Schutzhülle.

Nach einigem Diskutieren, wie wir die Schriftrolle nun aus dieser Höhle bekommen, entschließen wir uns dazu, ein Seil so um die Rolle zu wickeln, das wir sie mit sechs Personen tragen können.

Bis zum Gang mit den Statuen geht auch alles glatt, aber an der Ecke schaffen wir es doch tatsächlich uns so zu verkeilen, dass Alen, Artax und ich uns doch glatt selber an die Wand quetschen und uns ganz schön die Haut abschürfen.

An der zweiten Engstelle in diesem Gang mit dem komischen magischen Leuchten stößt Alen sich auch noch an einem Tropfstein den Kopf.

Nun ist es fast geschafft, nur noch die letzte Engstelle, doch da schreit Lena auch schon auf. Sie klemmt zwischen der Rolle und der Wand fest.

Dajin erkennt aber schnell, wie wir die Rolle drehen müssen, so dass Lena dort unbeschadet wieder heraus kommt.

Im Lager angekommen, tragen wir die Rolle erst mal ins große Versammlungszelt.

Nachdem Hilbert sich die Rolle noch einmal genauer angesehen hat, stellt er erstaunt fest, dass die Rolle auf einer Stange aus Steineiche aufgewickelt ist.

Er hätte nicht erwartet Steineiche so weit im Süden von Aventurien zu finden, erst recht nicht in der Wüste.

Kapitel 5
Die Abreise

7.-9.Firun 1033 BF
Der Zimmermann, hat eine Idee, wie er einen
Schlitten konstruieren könnte, an dem man auch
Räder, für festen Boden, befestigen könnte. Nach
zwei Tagen, ist der Schlitten fertig und wir
machen uns auf den Weg.

10.Firun 1033 BF
Unser erstes Ziel ist die Oase Birscha, in der uns
der Scheich freudig empfängt und uns als seine
Gäste begrüßt.
In der Herberge treffen wir auch auf Rohul al
Acha, welcher uns Geleitschutz nach
Kannemünde anbietet, von wo aus wir mit dem
Schiff nach Kunchum reisen wollen.
Er verlangt dafür von uns allerdings das
Versprechen, die Rolle, auf der Reise, so zu
schützen, wie es sein Orden die letzten
Jahrhunderte getan hat. Nach kurzen Zögern
willigen wir dann auch schnell ein. Rohul
begleitet uns mit 5 seiner besten Ordenskrieger.

16.Firun 1033 BF
Nach einigen ereignislosen Tagen, kommt es in
einem Hohlweg, am Rand der Wüste plötzlich

zu einem Überfall. Wir werden von vorne, oben und hinten angegriffen.

Rohul übernimmt mit seinen Kriegern die Verteidigung gegen die Angreifer von hinten und wir werfen uns den Vorderen entgegen.

Alen stürmt sofort mit erhobenem Zweihänder los, stürzt allerdings im weichen Wüstensand und verletzt sich sehr schwer an seinem Schwert.

Lena und ich eilen sogleich zu ihm und den vier Gegnern und versuchen ihm Luft zum Aufstehen zu verschaffen.

Zum Glück scheinen unsere Gegner nicht zu trainiert zu sein.

Auf einmal schreit Dajin auf, nachdem er von einem Pfeil getroffen wurde, während er sich ebenfalls um zwei Gegner kümmert.

Ich fühle mich plötzlich total matt und denke noch, dass hier wohl Magie im Spiel sein muss, da schleudert Jassafer auch schon einen Zauberspruch in Richtung der Steilwand.

Da oben steht doch plötzlich der Kartograph, den Hilbert mit zur Ausgrabungsstätte gebracht hat, doch nun trägt er eine Magierrobe und einen Zauberstab.

Der steckt also hinter dem Ganzen.

Auch zwei Bogenschützen sind dort oben.

Artax wirbelt den einen Bogenschützen mit

seinem Luftzauberspruch sogleich um.

Währenddessen ist Alen wieder auf die Beine gekommen und ruft nun die beiden Zauber in seinem Schwert zu Hilfe, hoffentlich geht das gut…

Während wir uns langsam gegen die Gegner durchsetzen, hat Dajin ganz schön Probleme, doch er schafft es sich von seinen Gegnern zu lösen, die sich daraufhin aufteilen, einer greift Artax an und der andere stürzt sich auf uns.

Auf einmal jubelt Jassafer und wir sehen den feindlichen Magier nicht mehr.

Gegen einen feindlichen Magier ist Jassafer scheinbar sehr effektiv.

Auch der zweite Bogenschütze läuft auf einmal panisch schreiend in die Wüste, nachdem Jassafer ihm irgendwelche Zauberworte zugerufen hat.

Dajin sieht plötzlich, wie der verbleibende Bogenschütze auf Artax einen weiteren Pfeil abschießt. Zum Glück verfehlt der Pfeil, doch Dajin schleudert dem Bogenschützen daraufhin zielsicher eine Wurfscheibe ins Gesicht, so dass er tot von der Klippe stürzt.

Artax erschlägt seinen Gegner in dem Moment auch schon mit seiner Keule.

In der Zwischenzeit haben Lena, Alen und ich unsere Angreifer auch, bis auf einen, getötet oder bewusstlos geschlagen.

Da stürzt sich Lena mit einem Wutschrei auf den letzten Angreifer und schickt ihn mit einem Streich ihrer Zweililien zu Boron.

Alen sinkt nach dem Kampf erschöpft zu Boden. Wir haben alle, wie durch ein Wunder, überlebt. Die Zwölfe waren definitiv auf unserer Seite und ich danke Swafnir, dass er auch in diesem Meer aus Sand über uns wacht.

Als nächstes wollen wir uns doch unsere Angreifer mal genauer anschauen…

Was für eine Schlacht, zum Glück sind noch alle von uns am Leben, der eine mehr der andere weniger. Leider haben unsere Freunde vom Orden nicht soviel Glück gehabt, aber sie haben uns tapfer den Rücken freigehalten und so konnten wir und Hilbert wenigstens überleben. Nun geht es darum unsere Wunden zu versorgen, ich geh gleich erst mal zu Alen, der liegt da mehr tot als lebendig.

Was hat er nur gemacht? Man rennt halt nicht mit einen Schwert in der Hand herum, also erst mal einen Balsam drauf, puh jetzt kann ich nur noch konventionell helfen.

Also meine beste Heilsalbe drauf und schön verbinden. Seine Verletzungen fangen auch schon an besser auszusehen und er atmet ruhiger und er ist somit über den Berg, wieder ein Patient „geheilt"....

Torben und Dajin sind jetzt dran, den beiden kann ich mit etwas Wirselsalbe und einem guten Verband helfen, Dajin hat auch schon einen Heiltrank getrunken und damit ist er versorgt. Jassafer hat sich selbst geheilt, aber ihm sieht man auch an der er ziemlich ausgepowert ist, naja, mir geht's ja gleich.

Lena hat ein paar Kratzer, aber das ist nichts Wildes,was mich angeht, mein Gambeson ist hin, aber er hat mir echt gute Dienste geleistet. Die paar Schnitte die ich abbekommen habe, reinige und verbinde ich gut und dann passt das schon.

Hilbert hat es auch nicht so schlimm erwischt, allerdings ist auch er voll fertig.

Während ich noch beim Verarzten bin, schauen Lena und Torben (der kann wohl nicht stillliegen) nach den Angreifern vom Hügel.

Der Magister lebt gerade so noch, Lena heilt ihn etwas und Torben verbindet ihn notdürftig. Dann kann er uns später noch Rede und Antwort stehen.

Danach tragen sie ihn zu uns und wir durchsuchen ihn, dabei finden bis auf ein Fernglas, seinen Magierstab und einigen Dukaten nichts besonderes bei ihm.

Den Stab verwahren wir erst mal und das Fernglas nehme ich an mich (so was ist schon praktisch).

Der Bogenschütze hier ist tot, er hat außer seinen Bogen und das Messer nichts besonderes dabei und der andere ist weggelaufen.

Als nächstes folgen Lena und ich der Spur der Angreifer und wir finden nach einiger Zeit das Lager der Angreifer, es ist leer, also keine Menschenseele ist mehr da.

Dafür Kamele und Ausrüstung für 15 Mann.

Nach geraumer Zeit kommen wir wieder zurück.

Unterdessen beginnen Dajin und Jassafer schon mal mit der Begutachtung unserer Angreifer und der Ordenskrieger. Sie beschließen die Waffen beiseite zu legen um sie später mitzunehmen.

Als Lena und ich zurück sind beschreiben wir den anderen und Hilbert unsere Beobachtungen, danach beschließen wir erst einmal hier zu bleiben, da es schon spät ist.

Wir fangen an die Ordenskrieger zu begraben, der Rest wird morgen vergraben.

Alen gibt jedem Gefallenen noch einen Gruß für Rondra mit, wobei sie ja doch eher Raschtulah gedient haben. Dann ist es auch schon dunkel und wir verbringen eine ruhige Nacht in der Wüste.

17.Firun 1033BF

Nach dieser Nacht sind wir alle wieder reisetauglich, aber wir beschließen noch eine zusätzliche Nacht in der Wüste, dieses mal in dem Lager der Angreifer zu verbringen. Zunächst begraben wir den Rest der Gefallenen, das dauert ja doch eine Weile und so eine Arbeit ist einfach zu ermüdend für Geist und Körper. Menschen zu begraben ist nie schön, denn man soll ja das Leben achten.

Danach befragen wir den Magier, der mittlerweile auch wieder ansprechbar ist. Sein Auftraggeber wäre ein „ Dschinn der Nacht", ein sehr mächtiges Wesen, der ihn den Auftrag gegeben hatte uns zu beschatten und dann unserer Funde zu berauben. Dafür hätte er dann die Unterstützung dieser Drachenordenskrieger bekommen, er selbst gehöre seit ein paar Jahren zu diesen Orden. Auf unsere Frage sagte er der Orden hieße „Ulet ash Shebaw". Er beteuert aber immer wieder, dass er nicht zum inneren Zirkel gehöre und wer sonst noch dazu gehört, man habe ihn immer nur allein in Khunchom kontaktiert, er wäre auch nur beigetreten weil ihn der Orden neue Studienmöglichkeiten und Wissen versprochen hätte.

Danach war nichts mehr aus ihm rauszukriegen, was wir nicht auch schon wussten.

Im Anschluss wirkte Lena noch einen Zauber auf ihn, ich sah wie erschöpft sie danach war und auf meine Frage hin sagte sie, dass sie ihn unter einen Zauberzwang gestellt hatte, der verhindert das der Magier uns durch Magie schaden kann. Sehr clever die Kleine, so können wir ihn gefahrlos für tiefere Befragungen in der Dracheneiakedemie mitnehmen.

Dann packen wir alles zusammen und begeben uns zu dem anderen Lager, es scheint noch alles so zu sein wie gestern.

Nach dem Abendessen, wir haben ja nun die Vorräte der Angreifer, teilen wir Wachen ein und schlafen.

Bei der letzten Wache bemerken Jassafer und Dajin etwas Seltsames, eben war noch ein komischer Schatten auf den Hügel zu erahnen und schon schlug ein Pfeil ein.

Dajin rennt unter Verwendung des Elfenamulettes in Richtung Schatten und Jassafer sieht das der Magier tot ist, der Pfeil hat ihn genau in den Hals getroffen, das ist blöd, aber wir wissen nun wie dieser dubiose Orden mit Verrätern und Gefangenen umgeht.

Dajin kommt total abgehetzt wieder und erklärt uns, wir sind von dem Trubel geweckt worden, dass ein Kamelreiter in die Wüste abgehauen ist. Mist, wir haben doch tatsächlich diesen blöden Schützen vergessen.

Dann begraben wir mal den Magier und ruhen uns den Rest der Nacht noch etwas aus.

18.Firun 1033BF bis 21.Firun 1033BF
unsere weitere Reise nach Kannemünde verläuft ruhig und ereignislos, außer dass wir jetzt ja mit einen Tross von 30 Kamelen unterwegs sind.

Kannemünde,
Kannemünde ist eine 200 Seelenstadt an der Kanne, was viel interessanter ist, ist dass sie eine bornländische Handelssiedlung an Rand der Wüste ist, somit versteht man die Leute hier wieder. Allerdings ist sie dadurch auch sehr gut befestigt, was wohl daran liegt, dass hier ein Teil der bornländische Flotte im Hafen liegt, da die Kanne praktischerweise hier auch ins Meer fließt, ich befürchte Schlimmes.

Als wir das Stadttor sehen wird Hilbert etwas hibbelig, er sagt uns, dass wir versuchen sollen die Kontrolle am Stadttor irgendwie so zu beeinflussen, dass die Wachen unseren Fund nicht unbedingt entdecken.

Also ziehen Lena, Dajin und Alen los um zu schauen was man machen kann.

Lena muss wohl kurz vorm Tor noch etwas gemacht haben, jedenfalls kann sie alle Wachen bezirzen und auch die Menschenmänner unserer verschworenen Gemeinschaft schauen begierig zu ihr hin.

Es hat auf jeden Fall gewirkt, denn für ein angemessenen Zoll können wir einfach so passieren, ohne Kontrollen.

Wir quartieren uns in eine hiesige Karawanserei ein und dann schauen wir wie es weitergeht.

Hilbert sagt, dass er sich um die Schiffspassage kümmert und wir sollten doch die nicht mehr benötigten Sachen und Kamele verkaufen.

Gesagt getan, zuerst die Waffen, die bekommen wir für einen guten Preis bei einem Tulamiden verkauft.

Dajin kann sich bei den Waffenhändler nicht zusammenreißen und macht einen blöden Spruch über Frauen verkaufen und irgendwas mit Lena und Schwubs hat er auch schon einen klassischen Schlag im Nacken, geschieht ihm recht, er sollte wissen wie empfindlich die Kleine bei so was ist...

Bei einen Maraskaner kauft er sich noch so seltsame Wurfscheiben und ich hole mir eine

Lederweste und Brustplatte, hab ja in letzter zeit zu viel drauf bekommen.

Dann geht es ans Kamele verkaufen, der Händler gibt uns 300 Dukaten für alle, das ist ein super Preis und wir haben wieder etwas in der Gruppenkasse.

Zurück in der Herberge sagt uns Hilbert, dass wir eine Schiffspassage nach Khunchom haben, Morgen (wie doof, ein paar Nächte in bequemen Betten hätte ich mir schon gewünscht). Hilft ja nichts, nach dem Abendessen geht es ins Bett.

22.Firun 1033BF bis 1.Phex 1033BF

Wir fahren mit dem Schiff, toll toll toll!!!

Kapitel 6

Ärger in Khunchom

 Am 1.Phex erreichen wir Khunchom, wir merken gleich, dass die Stimmung im Hafen sehr aggressiv ist und durch unseren Aufenthalt in der Wüste hören wir immer wieder „Sultan Hasrabel" heraus.

Das klingt nach Ärger. Mit ein paar Trägern für die Rolle, die zum Glück sehr gut eingepackt ist, zwängen wir uns bis zur Dracheneiakedemie durch und werden dann auch eingelassen, nachdem Hilbert mit den Wachen gesprochen hat.

Im Haupthaus hören wir von weiten schon eine heftige Diskussion, weil die Spektabilität wohl auf Reise wäre und der Sultan irgendeinen Karfunkelstein beansprucht, der ihn wohl angeblich von einer Expedition hier aus der Akademie entwendet worden wäre und der ihm zusteht.

Jedenfalls verstummt die Diskussion als wir eintreten und zu Erzmagier Rankulum gehen. Dieser möchte sofort mit Hilbert über unsere Entdeckungen und Funde sprechen und wir wenden uns dann an Magistra Rokia al Jazeel, welche wir ja schon kennen und sie erklärt uns über die Situation auf.

Sie sagt uns, dass dieser Karfunkelstein bei ihrer Expedition in Grenzgebirge zu Hasrabals Reich gefunden wurde, aber nicht in seinem offiziellen Gebiet.

Er jedoch behauptet, dass der Stein ihm gehöre und die Akademie ihn ihm aushändigen müsse. Der Stein liegt aber gut verwahrt in der Karfunkelkammer zu der nur die Spektabilität der Akademie zutritt hat, dieser ist aber zur Zeit auf See und seltsamerweise nicht mal mittels Dschinn zu erreichen.

Hasrabel versuchte es hier und da er keinen Erfolg hatte, ist er dann zum Herrscher von

Khunchom gegangen und fordert von diesen
nun die Herausgabe des Steines unter diversen
Androhungen.

Der Sohn des Herrschers, Prinz Stipen,
wiederum sieht jetzt seine Chance um an Macht
zu kommen.

Durch eine kürzlich gefundene Schrift unter
dem Archiv behauptet er, er hätte einen
Anspruch auf den Posten der Spektabilität,
deswegen die Diskussion vorhin.

Zu Prinz Stipen sagt sie uns noch, dass er ein
absoluter Gegner der Drachenforschung ist und
nur eine Möglichkeit sucht diese hier zu
verbieten.

Sie bittet uns ihr zu helfen eine Möglichkeit zu
finden, Prinz Stipen zu stoppen.

Am Nachmittag wäre die Ratssitzung in der die
Entscheidung getroffen wird ob er Spektabilität
wird und dann wären die Karfunkel nicht mehr
sicher und die Drachenforschung beendet.

Sie geleitet uns in die Bibliothek der Akademie
und bittet uns um Hilfe bei der Suche nach
Schriften, die den Anspruch von Stipen
widerlegen können.

Die Zeit drängt, wir hätten nur noch vier
Stunden bis zur Sitzung und es würde sehr
knapp werden um etwas zu finden.

Also fangen unsere Garethi Lesenden an in

staubigen Gesetzestexten zu lesen und zu suchen. Ich versteh nichts, AH-Irgendwas hier Band XY da aber nach ca. 2,5 Stunden haben sie sich durch die Lektüre gewühlt und einen Ausweg aus der Situation gefunden, blöd nur dass der endgültige Beweis, eine Seite aus einem Buch fehlt, aber brauchbar.

Dieses Buch wurde am Vormittag von einer hübschen schwarzhaarigen Magierin aus Fasar gelesen, der Bibliothekar sagt uns dass sie vor ca. einer halben stunde die Bibliothek verlassen hatte.

Alen geht schnell zum Tor um dieses schließen zu lassen vielleicht ist sie ja noch in der Akademie, aber als er den Wachen die Frau beschreibt sagen sie ihm, dass sie gerade die Akademie verlassen hat.

Mist! In dem Gewühle auf der Straße finden wir sie jedenfalls nicht.

Also die andere niedergeschriebene Maßnahme, wir nehmen die Bücher mit den Gesetzen und der Akademie mit und gehen zu Rakorium Muntagoris. Denn dieser ist die einzige Möglichkeit Stipen aufzuhalten. Wir erzählen ihm was wir herausgefunden haben.

Anfangs ist er nicht sonderlich interessiert,aber als wir auf Stipen´s Wunsch kommen, die Drachenforschung zu verbieten, hört er zu.

Und als wir ihm sagen, dass er der einzige ist
der sich als Spektabilität gegen Stipen stellen
könne, fängt er an recht kleinlaut zu erzählen
von Festum und irgendwas mit Rauswurf und
dass er ja schon mal irgendwie eine Spektabilität
wäre und ach wieso er denn jetzt schon wieder
und blahblahblah. So kleinlaut war er bei
unserem letzten Treffen nicht, aber wir schaffen
es ihn zu überzeugen dass es notwendig ist.
Wir haben noch eine Stunde bis zur
Ratssitzung...

Wir beschließen nun nach gründlichem
Überlegen, dass wir auch noch andere Leiter für
unser Vorhaben gewinnen können.
Da nun aber unsere Zeit, das heißt die Zeit bis
zur Ratssitzung sehr knapp ist, wir haben nur
noch eine Stunde übrig, teilen wir uns auf.
Lena, Alen und Torben gehen zu Omar ibn
Hayduk, er ist der Leiter der theoretischen
Fakultät und sie schaffen es ihn mit einigen
Argumenten für unsere Sache zu gewinnen.

Jassafer, Dajin und ich gehen zu Mahmud ibn
Sayid, dem Leiter der Kampffakultät.
Wir führen unsere Argumente auf und nach
einem anstrengendem Gespräch war er
wenigstens nicht mehr abgeneigt von unserer

Idee, dass Rakorium die vorübergehende
Spektabilität wird.

Dann ist es auch schon soweit, die Sitzung, oder
wie sie es hier nennen, der Konvent beginnt.

Wir sind als Gäste eingeladen und dürfen auch
teilnehmen.

Prinz Stipen kommt demonstrativ zu spät und
er setzt sich dann auch noch auf den Platz der
Spektabilität, als wäre er es jetzt schon., dass da
Rokia empört ist, ist voll verständlich, aber die
anderen Magier ignorieren es. Dann reicht er
seinen Antrag ein und seinen Anspruch beruft
er auf das alte Dokument welches kürzlich
gefunden wurde. Er drängt auch auf eine
schnelle Abstimmung, da ja auch Eile wegen
Hasrabels Ultimatum geboten wäre.

Zu dieser Zeit ist Rakorium noch ganz ruhig,
nachdem wir ihn mal kurz angestubst haben,
stellt er seinen Gegenantrag.

Es entbrennt eine heftige Diskussion über das
Für und wieder der Einzelnen Kandidaten,aber
irgendwann stimmen sie doch ab und zwar
geheim.

Das Ergebnis ist 4 zu 1 für Rakorium.

Und dann fängt es an.... Er hält eine für ihn
typische Rede, die damit endet das er die
Akademie versiegeln lässt und alle, wirkliche
alle außer den Ritter des immerwährenden

101

Kampfes und ihm müssen die Akademie verlassen.

Entsetzen und Unglauben machen sich breit und alle Versuchen noch schnell ein paar Sachen zu greifen bevor sie höflich, aber bestimmt hinaus geworfen werden.

Wir greifen schnell unsere Ausrüstung und auf Hilbert und Rokias Drängen auch die Rolle und müssen dann auch schon raus.

Was für ein Desaster, so war das nicht gedacht, geplant, was für ein alter Narr Rakorium ist und was er sich gedacht hat dabei?

Da sitzen wir nun und plötzlich hält eine Kutsche neben uns in ihr Prinz Stipen, der hat uns jetzt noch gefehlt. Aber Er bittet uns einzusteigen, weil er jetzt wichtiges mit uns zu klären hat.

Lena,Hilbert, Rokia, Jassafer und ich fahren mit und Alen, Dajin und Torben Bewachen die Rolle. Stipen erklärt uns das er nur den Karfunkel an Hasrabal geben wollte um Unheil von der Stadt abzuwenden und das wir nur noch wenig Zeit hätten bis Hasrabal angreift. Er sagt das Khadil schnellstmöglich zurückkommen müsse, um das Unheil noch abwenden zu können und er fragt uns ob wir wissen wo er zu finden sei, dabei spricht er Rokia direkt an. Die wüßte angeblich nichts, aber ihre Körpersprache sagt eindeutig

102

etwas anderes. Lena redet nochmal auf sie ein und schließlich gibt sie zu das sie wüsste das Khadil auf der Sulman al'Nassori ist und ein neues Artefakt gegen Dämonenarchen testet. Und dass sie ein Artefakt besitzt welches wie ein Nordzeiger auf das Schiff zeigt.

Damit hätte sie schon früher rausrücken können, hätte jede Menge Ärger ersparen können, meiner Meinung nach.

Prinz Stipen sagt uns dass er eine Möglichkeit hat um schnell zu dem Schiff zu kommen, wir könnten den fliegenden Teppich „ Samtborte" nutzen.

Ein fliegender Teppich, da siegt sogar meine Neugier über meine Meeres- und Höhenangst, da muss ich mit.

Er sagt uns auch dass der Teppich so seine Eigenarten hat, er könne zwar so viele Personen wie drauf passen tragen, aber nur 20 Stein Gepäck. Das heiß keine Ausrüstung, nix nur leichte Waffen und keine Rüstungen, Platz für Khadil müssen wir auch lassen. Nachdem Der Rest mit der Rolle auch in den Sultanspalast geholt wurde, beschließen wir also wie wir fliegen wollen. Alen will gar nicht und auch nach gutem Zureden bleibt er darauf bestehen hier zu bleiben, Hilbert und Rokia bleiben auch bei der Rolle, also fliegen wir ohne die drei und nur ganz leicht bewaffnet und mit etwas Wasser los.

Lena steuert den Teppich und ich navigiere mit dem Artefakt, das Ding ist aber auch empfindlich. Wir fliegen deswegen einige Extrameilen und Stunden, es tut mir ja auch leid, aber Swafnir scheint mit uns zu sein, wir sehen Delfine unter uns und nach etlichen Meilen können wir das Schiff sehen.

Es liegt neben einer Dämonenarche und sie scheint mit ihren Ranken mit ihm verbunden zu sein. Ich hab noch nie so ein Ding gesehen und ehrlich gesagt muss ich es nicht unbedingt wieder sehen müssen. Aber als wir näher kommen können wir sehen wie die Magier das Schiff langsam befreien und dann kommt uns ein Luftdschinn entgegen und fragt nach unserem Begehr und was wir hier wollten.

Wir erklären ihm unser Anliegen und ist gewillt uns zum Schiff durchzulassen, er geleitet uns sogar dorthin.

Der Kapitän Rafik Dhachmani empfängt uns und bittet uns an Bord, wir sollten unbedingt Stillschweigen bewahren und geleitet uns unter Deck wo wir Khadil treffen.

Nachdem wir ihm die aktuelle Situation geschildert haben und er die Briefe von Hilbert,Rokia und Stipen gelesen hat, willigt er

sofort ein uns zu begleiten, er sagt aber auch
dass der Kampf gegen die Arche seine Kräfte
erschöpft hätten und das wir aufpassen sollten.
Wir fliegen also zurück und durch diesmal
bessere Orientierung von Torben und mir
kommen wir viel schneller nach Khunchum
Obwohl es Tag ist überfliegen wir die Stadt, was
für Gespräche sorgen wird, und reisen direkt in
die Dracheneiakademie und landen auf einer
Dachterrasse.
Wir finden die Akademie verlassen vor, kein
Mensch ist hier nicht mal Wachen, seltsam.
Nur eine Statue von Rakorium steht mit auf dem
Platz, lebensecht mit dem Zauberstab hoch
erhoben.
Das müssen wir uns ansehen, als wir
davorstehen können wir schnell erkennen dass
es Rakorium selbst ist, er ist verzaubert worden.
Das bedeutet nicht gutes.
Währenddessen hört Alen beim Waffentraining
im Palast plötzlich heftigen Tumult draußen, er
geht raus und fragt was los wäre.
Die Antwort die er erfährt bringt ihm sofort
dazu seine Waffen zu schnappen und zur
Akademie zu eilen, dort soll es zu Lichtblitzen
gekommen sein und die Wachen wären alle Tot,
von Hasrabal vernichtet und der greift die
Akademie mit Magie an.

105

Er erreicht die Akademie zur gleichen Zeit wie wir und sieht wie Torben, der sich das Tor angeschaut hatte und welches offen stand, aus dem selbigen schaut. Beide schildern kurz ihre Erkenntnisse und wir beschließen schnellstmöglich zur Karfunkelkammer zu gelangen.

Khadil führt uns hin, nachdem wir schwören mussten über alles Stillschweigen zu waren was wir sehen.

Die erste Tür die wir sehen ist offen, also ist das definitiv das Ziel des Angreifers und Khadil macht sich große Sorgen um die Karfunkelsteine.

Wir treten ein in einen langen Gang, der später etwas enger wird und mit einer Tür verschlossen ist, die zu den profanen Lagern führt.

Die Tür danach spricht uns an, sie wäre beherrscht worden und ein Erzdschinn wollte sie zerstören und nach einigen heilenden Gesprächen mit dem Geist der Tür, öffnet sie sich für uns.

Der Raum dahinter ist voller Artefakte, aber wir nehmen nur 2 Zaubertränke mit, für dem Rest ist keine Zeit den Khadil drängt uns weiter.

Schade ich hätte durchaus noch etwas brauchbares gefunden.

Er drängt uns zu einer mit Schriftzeichen verzierten Tür, die Zeichen sind eine Warnung, aber das Gitter der Tür ist eh schon aufgebrochen, das meinte also die andere Tür mit „ die Eisentür hätte weniger Glück gehabt". Wir gehen den Gang hinunter, durch diverse Türen und befinden und dann in einem sehr alten Teil der Katakomben, als wir plötzlich ein Rascheln und Knirschen aus einem Seitengang vor uns hören. Khadil meinte es wären die Wächter und wir bräuchten keine Angst haben, da sie keine Siegelträger der Akademie angreifen würden. Tja , das Ding dort vorn greift uns an, ist wohl verzaubert worden, jedenfalls dieser Erzgolem kommt auf uns zu und will bestimmt nicht kuscheln.

Torbens Pfeil verschwindet wirkungslos in dem Dreck und Erzgolem.

Ich wirke einen großen Zorn der Elemente auf ihn und spüre und sehe wie die ungeheure Kraft das die Ding zurückwirft. Aber der Kampf geht weiter....

Als wir uns nun diesem Gegner widmen, kommt plötzlich noch ein zweiter Golem aus einem Nebenraum in den Gang gewankt.

Na toll zwei, das kann ja heiter werden und wir sind alle bis auf Alen leicht bewaffnet und ungerüstet. Das hätten wir ja mal vorher wissen können.

Wir geben jedenfalls alles, Jassafer und ich zaubern wie wir nur können, Lena schickt eine Fackel als Radau und kämpft selber, Torben versenkt einen Pfeil nach dem anderen in die Golems und Daijin und Alen hauen nur so drauf.

Irgendwann geht endlich der erste zu Boden und kurze Zeit darauf der Zweite, puh das war echt hart.

Ich fühle mich schlapp und ich kann sehen Jassafer ist ähnlich dran, aber was macht Lenas Fackel da? Sie greift Lena an und prügelt auf die Arme ein. *Was hat sie nur wieder angestellt, das junge Ding?*

Zum Glück bekommt sie das doch noch hin und wir können uns verarzten. Ich trinke mal den gefundenen Zaubertrank und heile Alen, der sah nicht gut aus, so blutüberströmt und verkratzt. Ihn hat wohl ein Golem zum putzen benutzt...

Danach noch Lena verbunden und mit meiner besten Salbe behandelt und es geht weiter in die Katakomben.

Wir sind schon ein ganzes Stück nur nach unten gegangen als wir in einem großen Raum stehen. Dieser Raum hat drei Ausgänge und es stehen drei Portale in dem Raum.

108

Khadil erklärt uns dass dies dunkle Pforten zu anderen Akademien sind. Eins geht nach Fasar, eins nach Raschthul und das dritte nach Selem. *Aha sehr interessant, man reist durch den Limbus, ich erinnere mich dran, war nicht so toll.* Er meinte aber diese würden schon seit langen nicht mehr benutzt, aber wieso steht vor dem Rechten Portal eine Statue? Statue? Bei genauerer Betrachtung stellen wir schnell fest dass dies gar keine Statue ist, sondern ein verzauberter Magier, ähnlich Rakorium draußen. Nur dieser hier dürfte gar nicht hier sein. Und seltsam sieht er auch aus, er trägt eine uralte Robe, hat Spinnenweben angesetzt, ist voll Staub und Echsenhaut.

Wieso eigentlich Echsenhaut, was ist das für einer? Und er macht eine Zaubergeste, wäre wohl ein Paralysis gewesen, ist nur irgendwie auf ihn gegangen. Mysteriös !!! und Khadil kennt diesen Magier auch nicht, naja, wir beschäftigen uns später mit ihm.

Es geht erst einmal weiter nach unten, also nachdem wir den linken Gang eingeschlagen haben. Dann plötzlich sind wir in einer riesigen Höhle in der der Gang endet, wir können auch das Ende der Höhle sehen, ist wohl eine Sackgasse. Aber was wir noch sehen ist nicht gut, 10 Ritter des immerwährenden Kampfes sind in verschiedenen Elementaren Formen gefangen, zum Glück leben sie alle. Wobei einige doch ganz schön mitgenommen aussehen. Aber das ist nicht das schlimmste, einige sind halb im Boden verschwunden und zwei fliegen unter der Decke gute acht bis zehn Schritt über uns. Diesen müssen wir helfen, wenn der Zauber endet fallen sie zu Tode, das geht nicht.

Alen kramt sein Seil raus und wirft es dem ersten zu, der fängt es und Alen zieht ihn runter, zum Glück zieht es Alen nicht hoch...

Der Ritter sucht sich was zum Festhalten, weil er irgendwie immer den Boden verlässt. Dann zieht Alen den zweiten runter und wir befragen sie was passiert sei.

Die Ritter sagen uns dass Hasrabal mit einer Schar von Dschinnen hier durchgekommen wäre und sie alle besiegt worden wären, die Kameraden die fast Tod waren wurden von Dschinnen geheilt, notdürftig.

Ja so sind Humusdschinn, die achten das Leben.

Die Großmeisterin ist im Zweikampf mit Hasrabal verschwunden und Hasrabal ist ohne sie vor zwei Stunden hier wieder durchgekommen. Khadil ist nicht erfreut über die Nachrichten und drängt uns uns zu beeilen, er führt uns zum Ende der Höhle.

Dort angekommen ermahnt er uns noch einmal

an unser Versprechen des Stillschweigens.

In der Wand ist eine Metallplatte mit einem Loch angebracht. Diese Platte scheint aus Arkanium zu bestehen, also voll magisch das Teil.

Khadil steckt einen kleinen Schlüssel in das Loch und plötzlich wird die Wand zu Nebel, ja definitiv magisch.

Er geht dann auch gleich durch diesen Nebel mit den Worten wir sollten acht geben, auf der anderen Seite sind wir in einem Raum in dem sich uns ein seltsames Bild bietet.

Uns gegenüber befindet sich eine Tür und vor der Tür steht die Großmeisterin und sie hält unter größter Anstrengung ein Kästchen in ihren Händen, man kann die Anstrengung ihr förmlich ansehen, zumal sie auch nicht unbeschadet aussieht.

An dem Kästchen sind drei Ketten angebracht welche zu der Klinke, zu der Tür und zur Wand gehen. Als sie uns sieht bittet sie uns ihr zu helfen, was wir natürlich auch gleich machen.

Wir nehmen ihr das Kästchen ab und suchen schnell ein Tischchen wo wir das Kästchen auch drauf abstellen. Sie bricht dann erstmals erschöpft zusammen.

Sie sagt uns dann dass nichts in dem Kästchen bewegt werden darf sonst würde ein Zauber alles zum Einsturz bringen und deswegen musste sie zwei Stunden das Kästchen halten und durch die Ketten konnte sie es nicht mal in der Nische hinter uns ablegen.

Als wir es öffnen steht im Deckel dass das Gleichgewicht in jedem Feld, in jeder Reihe und in jeder Spalte erhalten bleiben muss und es liegen schon ein paar Edelsteine drinnen.

Nach etlichem Grübeln komme ich drauf dass es sich wohl um das Gleichgewicht aller Elemente handeln muss und dass wir nur die Felder mit den richtigen Steinen belegen müssen.

Soweit konnte ich helfen, aber Rätsel liegen mir einfach nicht, darum geh ich mit Dajin und hole mehr Edelsteine.

Nach langem Grübeln kommt Jassafer auf die Anordnung der Steine und legt immer einen nach dem anderen auf das richtige Feld und jedes mal leuchtet das Symbol des jeweiligen Elements auf.

Am Ende, also beim letzten Stein verschwinden Kästchen und Ketten.

Wir dürfen noch etwas länger leben, juchu…

Endlich kann Khadil die Tür zur Karfunkelkammer öffnen und er sieht dass Hasrabal nur den einen Karfunkel genommen hat, wenigstens etwas.

Nun dann können wir ja wieder hinaus gehen

112

unterwegs sammeln wir noch die Ritter ein, zumindest die die nicht im Boden versunken sind, nehmen auch noch den Magier mit.

Draußen angelangt sehen wir dass das Hauptgebäude wieder belebt ist, wir treffen Hilbert und Rokia und Stipen, sie stehen an der Rakoriumstatue.

Sie begrüßen uns und Stipen erzählt uns dass Hasrabal im Palast gewesen wäre und er seiner Enkelin den Karfunkel geschenkt hätte, dafür das sie schwanger ist.

Und dann ist er davon geflogen.

Seltsamer Typ, wenn er gewartet hätte wäre das deutlich einfacher gegangen....

Plötzlich dringen seltsame Geräusche an uns heran, aus der Stadt. Es ist viel zu laut als auf einmal Rufe nach Drachen ertönen.

Dann können wir plötzlich einen Perldrachen über uns fliegen sehen, er landet auf der Mauer und blickt nach Norden und ist dann weg.

Dann auf einmal Kampfeslärm, die Tür zum Alchemielabor fliegt auf und ein Ritter stürzt blutüberströmt heraus. Er wird von drei Meckerdrachen attackiert welche ihn in Fetzen zu reißen scheinen. Schnell werden die Drachen bekämpft und jeder der getroffen wurde verschwindet sofort, nur die Wunden bleiben.

Als auf einmal ein Schüler in das Labor läuft,
der Leiter ruft noch „ Nein zurück" aber es ist
schon zu spät, eine gewaltige Explosion ertönt
und reißt uns von den Füßen, zum Glück ist
Alen so schwer angezogen er bleibt stehen und
kann den brennenden Schüler löschen.
Ich rappel mich hoch und heile den Schüler mit
meiner letzten Erdkraft durch einen Balsam,
dann widme ich mich den anderen Verletzten
mit Wundverband und guter alter Heilkunde.
Zur gleichen Zeit erklärt Khadil den anderen die
Situation, was gerade passiert. Dass die
Karfunkel das ausgelöst haben, weil der eine
weg ist. Sie wären wohl irgendwie miteinander
verbunden und so „ rebellieren" die anderen
und schicken ihre magischen Erinnerungen oder
was auch immer los.
Wir müssen so schnell wie möglich das
Gleichgewicht wieder herstellen und den
anderen zurückbringen, sonst könnte sehr
großes Leid entstehen und Khunchum zerstört
werden.
*Wenn es dafür nicht schon zu spät ist bei dem Lärm
außerhalb der Akademie.*
Lena, Torben, Dajin und Stipen fliegen auf
Samtborte schnell zu dem Palast und was sie
dabei erleben klingt erst mal unglaublich.
Sie sehen seltsame und surreale Ereignisse, von

Drachen und Kämpfen unter Drachen und wie
Drachen die Stadt angreifen, was allerdings
gerade wirklich passiert.

Sie schildern wie sie plötzlich auf einer Alm
stehen und ein Drache gegen Dämonen kämpft
und zerrissen wird und dann sind sie wieder
über der Stadt, die dann von Riesen die mit
Ogern gegen Drachen kämpfen und immer
wieder Zerstörung und Leid in der Stadt.

Als sie den Palast erreichen wird dieser gerade
von einem Drachen angegriffen und einige
Wachen sind schon Tod, Prinz Stipens Frau
Madra ist in Bedrängnis. Torben schickt einen
Pfeil los und die Wucht des Elfenbogens reicht
um die Schuppenhaut zu durchschlagen.

Ist wohl für solche Kämpfe gebaut worden.

Der Drache löst sich jedenfalls auf und Madra
gibt nach einer kurzen Erklärung von Stipen uns
den Karfunkel, Prinz Stipen bleibt im Palast und
Lena steuert den Teppich zurück.

Das Chaos in der Stadt wird immer größer und
plötzlich fliegen sie über eine Stadt ohne Dächer,
sie können Paläste sehen die von den Ausmaßen
riesig waren und in diesen laufen riesige
Drachen.

Dann auf einmal wir das Wetter immer heftiger,
ein Sturm kommt auf und beinahe wäre Lena
vom Teppich gestürzt.

Als der Hagel Apfelgroß ist, fliegt auf einmal ein hoher Drache, Farmelor über sie und beschützt unsere Freunde vor dem Unwetter und anderen Drachen.

Denn was dann zu sehen ist ist nicht gut, ein goldener Drache erscheint und im Fluss ist eine weiße Seeschlange zu sehen und diese beiden „ vereinigen" sich.

Pyrdakor war ein goldener Drache, der alte Feind der Angroschim, zum Glück musste ich das nicht mit ansehen.

Nach gut einer Stunde landen sie wieder in der Akademie und wir eskortieren Khadil wieder runter in die Karfunkelkammer, kurz bevor wir den Hof verlassen sehen wir wie sich ein Drache auf den versteinerten Magier stürzt und dann muss der Zauber enden, der Magier schreit vor Schmerzen und Torben erlegt den Drachen mit einem gezielten Schuss.

Er sollte den Bogen Drachenfänger nennen, das schlage ich ihm mal bei Gelegenheit vor.

Der Magier wird zum Glück dann von anderen versorgt und wir können weiter zur Kammer vorstoßen.

In der Portalhöhle sehen wir dass die drei Ritter, welche im Boden versunken waren, schon weg sind, gut. Allerdings sehen wir auch sechs geschuppte, schwer bewaffnete Marus, auf uns zukommen, die uns angreifen.

Nach einen heftigen Kampf können wir weiter.

Mir geht es nicht gut, ich bin ernsthaft angeschlagen, aber Hilfe bekomme ich gleich, hoffentlich!!!

Khadil bringt den Stein in die Kammer zu den anderen und man merkt dass es vorbei ist.

Als Khadil zurückkommt, merken wir schon dass sich etwas verändert hat, zumindest habe ich das Gefühl.

Wir werden wenigstens nicht angegriffen.

Ich würde eh keinen Angriff mehr durchstehen so wie es mir jetzt geht.

Ich brauch wirklich Hilfe, Wieso merkt das Keiner?

Also dann schleppe ich mich mal den anderen hinterher, mein Bein blutet schon fies und ich hab nichts zum verbinden hier.

Ich ruf dann mal nach Hilfe und siehe da Alen bekommt mit dass mit mir etwas nicht stimmt.

Er verbindet mein Bein und die restlichen Verletzungen.

Glück gehabt ich darf noch etwas länger auf Dere verweilen...

Nach geraumer Zeit kommen wir endlich auf dem Hof an und merken sehr schnell dass es wirklich keine Kämpfe und Angriffe mehr gibt, man hört und sieht nur noch die Verwüstungen der Drachenträume, so hat jedenfalls Khadil die

117

nächtlichen Angriffe genannt.

Wir fragen nach dem Magier den wir aus den Tunneln hergebracht haben und der ja im falschen Moment aus seiner Versteinerung erwacht ist.

Man sagt uns dass er im Lazarett liegt.

Perfekt da will ich auch hin, meine Verbänden fangen schon wieder an mit durchnässen…

Also auf ins Lazarett, wir merken sehr schnell dass das hier ein Notfalllazarett geworden ist.

Hier sind die schlimmsten Fälle untergebracht und es kommen immer noch mehr hinzu.

Aber auch ich werde verarztet und dank der Heiler hier geht es mir schon so gut, dass ich nicht hier bleiben muss und in unsere Unterkunft darf.

Wir fragen einen Adepten nach dem Magier und er zeigt ihn uns, allerdings ist dieser ruhiggestellt und liegt lethargisch auf einer Pritsche, seine Verletzungen sind gut versorgt.

Das Gildensiegel dass er hat zeichnet ihn als Schüler von Tafirel aus, welcher im „unsichtbaren Turm" lebt.

Mysteriös, *wie kommt der nur her und warum?*

Alen hilft noch bei der Versorgung der Verletzten, bis er versucht einen Bruch einzurenken, die Schmerzenslaute waren unüberhörbar, dann bekommt er leichter Verletzte zugeteilt.

Danach beschließen wir dass wir uns ins unser Quartier begeben um auszuruhen.

Wir bekommen von der Akademie ein Gästequartier zugeteilt, hatte ja seit unserer Ankunft noch nicht die Möglichkeit uns was eigenes zu suchen, bei den hektischen Ereignissen hier.

Wir bekommen von Akademiedienern auch noch etwas Essen.

Ich habe es wirklich nötig ins Bett zu gehen, ich bin mehr Tot als Lebendig undmöchte nur schlafen. Deshalb stürme ich auf mein Bett zu, was schauen die Diener so pikiert? Noch nie einen blutverschmierten fast toten Angroschim gesehen der ins Bad und anschließend ins Bett geht?

3.Phex 1033BF

Ein neuer Tag, uns geht es schon etwas besser. Was so eine Nacht erholsamen Schlafes doch alles bewirkt.

Nach dem Frühstück bitte uns Hilbert die Birscharolle zu holen, damit die Analyse beginnen kann.

Ein perfekter Moment um unsere Sachen zu holen.

Nachdem Dajin, Torben und Jasserfer mit

einigen Trägern dann endlich zurück sind wird
die Rolle in einen dafür zurechtgemachten
Studiersaal gebracht und wir dürfen der
Untersuchung bewohnen.

Das wird bestimmt spannend!

Ich habe ja noch nie so große Magier bei der Analyse
beobachten dürfen und sieht ja schon wichtig aus wie
die sich alle zurecht gemacht haben.

Als erstes schauen sie sich die Rolle und den
Behälter an, unter vielen Ahh´s und Ohh´s
kommen sie zu der Erkenntnis dass der Behälter
aus Drachenleder besteht, genauer aus
Kaiserdrachenleder und die Rolle aus
Echsenhaut.

Endlich mal eine gute Verwendung für Drachen und
Geschuppte.

Zur Rolle sagen sie dass es schon eine Zweite
gibt, allerdings wurde diese als Zelt benutzt und
war daher recht unbrauchbar, da sie keine
lesbaren Zeichen mehr enthielt.

Unsere Rolle sei Dank eines speziellen Pulvers
(*konserviert wohl sehr gut*) in hervorragendem
Zustand.

Alle Schriftzeichen wären gut zu erkennen und
da fängt es schon an.

Die Zeichen sind violett, schweben
seltsamerweise über der Rolle und verändern
sich ständig.

Die anwesenden Magier vermuten, dass diese Rolle zu dem Vermächtnis von Pyrdarcor gehöre.

Den mag mein Volk besonders gern....

Als sie einen Odem Arkanum auf die Rolle wirken kann man die Begeisterung der Magier spüren, sie habe wohl sehr starke Magie, erklärt uns der uns zur Seite gestellte Adept.

Hätte ich nie gedacht, bei den schwebenden Schriftzeichen.

Die Schrift ähnelt sehr stark dem drachischen, aber die Magier können diese alte Form nicht lesen und geben für heute die Analyse auf, sie sind noch zu erschöpft von gestern und müssten die bisher gewonnenen Erkenntnisse erst einmal analysieren.

Wir hätten dann den Nachmittag frei. Also auf zum Magier im Lazarett.

Er ist jetzt wach, allerdings sehr ängstlich und schnell aggressiv.

Ich nutze meine gesammelten Kenntnisse in Seelenheilkunde und schaffe es unter Unterstützung durch einen Ängste lindern Zauber ihn soweit zu bringen dass wir mit ihm reden können.

Er brabbelt sehr wirres Zeug von grauen Nebeln und riesigen Schatten... von grünen Schuppen im Dschungel und anderes Zeug.

Das wirklich hilfreiche seiner Erzählungen ist
dass wir nun wissen dass er der Assistent von
Tafirel war und Damino heißt.
Lena versucht noch einen Blick in seine
Gedanken zu werfen, kann aber die Bilder nicht
deuten, sie sind so verwirrend wie das Erzählte.
Wir beschließen ihn jetzt öfters aufzusuchen um
mit ihm zu reden.

Derweil sind Alen und Torben in die Stadt
gegangen um etwas zu helfen.
Am frühen Abend frage ich einen der hier
anwesenden Magier ob er mir nicht einen
Schutzzauber beibringen könnte und er stimmt
zu.
*Hat sich wohlrumgesprochen dass ich bei der
Karfunkelgeschichte geholfen habe.*
Er bringt mir den Armatrutz bei, einen guten
Verteidigungszauber.
Dann gehen wir gemeinsam noch in den
Speisesaal und essen.
*Warum schauen die hier so komisch? Haben die noch
nie einen hungrigen Angroschim essen gesehen?*

Nach dem Essen gehen wir in unser Quartier,
wobei es ja doch schon ein gut ausgestattetes
Gästehaus ist und ruhen uns aus.

4.Phex 1033 BF

Heute geht die Analyse weiter, Lena, Jasserfer und ich gehen hin.

Der Rest verbringt den Tag anders, sinnvoller, wie ich später feststellen muss.

Also auf zur Analyse der Rolle, die Magier um Hilbert, Khadil und Rakorum sind schon ganz aufgeregt.

Sie legen dann auch gleich los und der Adept, welcher uns wieder zur Seite gestellt ist, erklärt uns mit großen Worten die Erkenntnisse.

Von wegen viele Formen der Magie und dass jedes Zeichen einen kompletten Gedanken widerspiegelt und dass Zeitmagie im Spiel ist und dass das sehr gewagt ist, was hier zu erkennen wäre und so weiter und so weiter.

Ich schaue in die leeren Gesichter meiner Begleiter und muss wohl selbst nicht viel aussagekräftiger ausschauen als Lena und Jasserfer.

Morgen mach ich was Nützlicheres, vielleicht ein Loch graben und wieder zuschütten…

Am Abend gehen Lena und ich noch einmal zu Damino und reden mit ihm, er wird schon ruhiger, leider sind seine Erinnerungen total verdreht und wir können nichts Neues herausfinden.

123

Aber er scheint seinen Verstand wieder zu erlangen und überwindet durch uns seine Ängste.
Nach dem Essen ist der Tag vorbei und morgen wollen wir ein paar Besorgungen machen.

5.Phex 1033BF
Ich gehe in die alchimistisch Akademie und frage ob sie mir ein paar Zutaten für einen Schlaftrunk verkaufen können, sie mir beibringen diesen zu brauen und ob ich das Labor, welches noch intakt ist benutzten dürfte. Ein Gildenmagier, welcher mir das Rezept beibringt, verabredet sich dann für den Abend mit mir und ich gehe dann schlafen um am Abend fit zu sein.
Der Magier steht mir beratend zur Seite, immerhin braue ich meinen ersten Schlaftrunk. Der Trank gelingt mir sogar recht gut und ich schreibe mir dann das Rezept auf.
Ich kann auch noch den Analysenkoffer aus Notacker verkaufen, sie könnten nach dem großen Brand so etwas gebrauchen und nutze die Dukaten gleich um ein paar Heiltränke zu erwerben.
Die kann ich immer gebrauchen.

Lena redet den ganzen Tag mit Damino und der

Rest ist emsig am trainieren und einkaufen in der Stadt.

Jasserfer hat beschlossen sich weiter an der Analyse zu beteiligen und möchte dann hier in der Akademie bleiben.

Ich glaube das ist Beste für ihn, draußen in der rauen Welt war er ja doch nicht ganz so aufgehoben, Ich erinnere mich noch ganz lebhaft an seine Versuche Feuer zu machen...

6.Phex 1033BF

Mein Trank ist fertig und nach dem Mittagessen bitten uns Hilbert, Khadil und Rakorium zu sich.

Sie hätten die Analyse abgeschlossen und kämen nicht weiter, die Schrift wäre selbst für sie zu komplex und wir, also wir die Helden sollten uns an einen Drachen namens „Shafir der Prächtigen" wenden oder zumindest mit der Rolle zu Llezean von Vallusa reisen.

Sie würde in Vallusa leben.

War mir sofort klar bei den Namen.

Llezean wäre die Leiterin der grauen Stäbe in Vallusa und sie wäre die Frau eines Drachen.

Warum Drachen? Reisen wir zu dem Prächtigen treffen wir auf Drachen, gehen wir nach Vallusa treffen wir wahrscheinlich auch Drachen. Seuche oder Tod, aber ich mach Trotzdem mit, ein Angroschim hat keine Angst vor Geschuppten.

125

Derweil erzählt Rakorium ständig von der
„ Verschwörung der Drachen, irgendwie kann
ich den Kauz ja verstehen.

Khadil meint auch noch dass die Seereise,
schneller und sicherer für die Rolle wäre.

Na toll, erst aufs Meer und dann Drachen. Die haben
mich ganz besonders lieb hier… wir bekommen
noch Grußschreiben ausgehändigt die uns
ausweisen und Khadil gibt uns noch eine Liste
mit vertrauenswürdigen Kapitänen.

Wir erkundigen uns anhand dieser Liste im
Hafen nach einem Schiff und was für ein Zufall,
ein fährt am 8.Phex nach Vallusa.

Und was noch ein Zufall ist, ist das Lucan auf
dem Schiff mitreisen will, den haben wir ja
schon lange nicht mehr gesehen, seit Notacker.
Er will sich uns wieder anschließen und ich
denke wir sollten ihn mitnehmen.

Auf die Frage nach unserer Kasse kann er uns
glaubhaft beteuern dass er sie nicht habe.

Alen muss sie wohl verloren haben, unterwegs durch
die Warunkei…

Am Abend bekommen wir von Khadil noch
jeder 50 Dukaten und ein kleines Artefakt nach
unserer Wahl. Ich entschließe mich für einen
Ring aus Mammuton, in dem ein Armatrutz
eingebettet ist, nur einmal drehen und schon

wirkt der.

Was am besten ist, den kann man aufladen, das bringt mich auf die Idee Khadil noch zu bitten mir das Aufladen beibringen zu lassen.

Er macht es möglich, dass mir ein Magier das beibringt und erklärt wie ich mir Bekannte Sprüche wieder auf unsere Artefakte aufladen kann.

Das dauert aber etwas und somit bin ich bis zum Abend des 7.Phex damit beschäftigt, das Aufladen von Artefakten zu üben.

Ich kann dann den Armatrutz und den Balsam wieder aufladen.

Das werden wir bestimmt noch gebrauchen.

Alen hat meines Wissens einen Balsamring genommen und Lena einen Armatrutzring wie ich.

Jasserfer nimmt einen Flimflamring, welchen er uns aber überlässt, da er hier weiter studieren möchte. Wir können den an Lucan weitergeben. Unsere Reise geht weiter....